A FEBRE DO EXAGERO

A FEBRE DO EXAGERO

CAIQUE GOMES BARBOSA

Copyright © 2021 by Editora Letramento
Copyright © 2021 by Caique Gomes Barbosa

Diretor Editorial | Gustavo Abreu
Diretor Administrativo | Júnior Gaudereto
Diretor Financeiro | Cláudio Macedo
Logística | Vinícius Santiago
Comunicação e Marketing | Giulia Staar
Assistente de Marketing | Carolina Pires
Assistente Editorial | Matteos Moreno e Sarah Júlia Guerra
Designer Editorial | Gustavo Zeferino e Luís Otávio Ferreira
Arte da capa | Alex Carrari
Revisão | Fernando Alves

Todos os direitos reservados.
Não é permitida a reprodução desta obra sem
aprovação do Grupo Editorial Letramento.

Dados Internacionais de Catalogação na Publicação (CIP) de acordo com ISBD

B238f	Barbosa, Caique Gomes
	A Febre do Exagero / Caique Gomes Barbosa. - Belo Horizonte, MG : Letramento, 2021.
	246 p. ; 15,5cm x 22,5cm.
	ISBN: 978-65-5932-145-2
	1. Literatura brasileira. 2. Romance. I. Título.
2021-4687	CDD 869.89923
	CDU 821.134.3(81)-31

Elaborado por Odilio Hilario Moreira Junior - CRB-8/9949

Índice para catálogo sistemático:
1. Literatura brasileira : Romance 869.89923
2. Literatura brasileira : Romance 821.134.3(81)-31

Belo Horizonte - MG
Rua Magnólia, 1086
Bairro Caiçara
CEP 30770-020
Fone 31 3327-5771
contato@editoraletramento.com.br
editoraletramento.com.br
casadodireito.com

Grupo Editorial LETRAMENTO

Sumário

9 *Viaduto*

91 *Hospital*

149 *Trovões*

*"Existem homens da vida e homens do tempo,
e eu não preciso dizer quais são os poetas..."*

Em torno daqueles que, de tempo em tempo, buscam elevar aquilo a ser resumido por uma trágica, agradável e retrógrada mania de se acomodar no apenas dito e no não aprofundado, parto, por meio deste livro, pelo mesmo trajeto de unir, à minha geração, um pouco do que incita as cadeias psíquicas a acenderem e a funcionarem pela sua própria maneira de assimilar do belo ao envolvente, do complexo ao simples, do longo à paciência, do interno ao antológico.

Viaduto

1

– Você trouxe o seu livro? – perguntou Isabel, perfeitamente vestida com o que haviam combinado.

Achou que não o tinha percebido àquela distância.

– Mas é claro, bela – respondeu.

– Eu trouxe o vinho.

Ela disse, erguendo uma garrafa de *pinot*-branco, francês.

– O mesmo que estava em seu carrinho – aludiu Castiel.

– Literalmente o mesmo.

A seu ver, ninguém surgiria por de trás de sua cintura, portanto a abraçou.

– Já faz tempo – disse.

– Faz, mas seu casaco está mais velho que o meu.

Desvencilhando do abraço, ele mostrou dois maços de cigarros.

– Perfeito! Leremos o livro até falirmos os pulmões.

Sentaram-se na mureta de concreto e, aos pés de Isabel, ele pode notar duas taças de plástico prontas para receber a conceição e o habitual vazio.

Estava despreocupado. Afinal de contas, nada daquilo era o primeiro capítulo. E mesmo que chegasse atrasado, ainda havia a chance de desaparecimento. Tendência valiosa que passou a admirar com o tempo.

Estuchando o chumaço de guardanapo melado de sangue da narina direita, Castiel podia avistá-la com uma mania que não lhe agregava, mas que o atraía (depois do comentário verossímil da crítica.) Pois o único homem de boina que tomaria o caminho daquela ponte, ou melhor, viaduto, às nove e cinquenta da noite de um sábado, só poderia ser ele. Guardando os gestos como se guarda os segredos. Vagarosamente cada vez mais perto, por mais frio que estivesse (o frio não estimula a curiosidade), ou por mais encantadora que ela quisesse ser. Agora era tarde. O semáforo que autorizava os carros marcharem naquela curva leve à esquerda era lento e, durante aqueles latos intervalos, o asfalto se tornava Isabel. O homem de boina e a mulher elegante sem batom nasceram para estar ali, juntos. Mas fazia bem não girar o corpo para acompanhá-lo enquanto aproximava-se? (era para ser diferente.) Secando o suor com a manga do casaco, ele ainda cogitava desaparecer (mesmo achando que ela também havia notado isso).

– Ele não está completamente pronto – disse, tirando as páginas de dentro da pasta transparente.

– É a primeira prova? – perguntou Isabel.

– Sim. Pois bem – levantou-se, abrindo um dos maços de cigarros – Faremos o seguinte: leremos o que é sobre nós, hoje, e o resto terminamos numa outra ocasião, quem sabe num momento de manhã.

– Está bem, você quem sabe.

Não queria perder a vontade que encontrara de não retroceder ao passado. Os gatilhos acima de um viaduto não soavam equivalentes a "acasos literários".

Enquanto Isabel servia o vinho, Castiel ajeitava as páginas em cima do parapeito manchado, colocando a segunda parte do livro na frente da primeira.

– Quantas páginas se seguiram? – ela perguntou, estendendo a taça preenchida até a metade.

– Noventa e cinco – respondeu.

– Informe em algum diálogo. Um dos primeiros passos dos que não levam a sério a literatura é checar quantas páginas a obra possui. Se você mesmo mencionar e, ainda assim, forem até o final para ver, seu livro estará hipnótico. Melhor ainda se você mentir.

– Bela ideia – admitiu, complacente.

– Se você mentir no começo, ficarão até o final – ela completou, assumindo um cigarro.

– Direi, então, que há uma dúzia de páginas. Assim, também duvidarão de seus sentidos.

– Vê? Ilusionista, sádico, bifacial, mentiroso. Assim terá progresso.

– *Evoé* – disse Castiel, erguendo a taça.

– Perpetue com um beijo, poeta.

Encostando os lábios molhados, o permanecer de fora ainda tornava a segunda parte mais instigante. Porém, ter aquela noite com seu livro pronto e a companhia de Isabel, não poderia ser menor. Era apenas a vida solta do que não acrescentava em seus sonhos, e isso tinha de começar a ser suficiente.

– Agora eu entendi – ele disse, ao se desgarrar do beijo.

– Diga.

– "Se você mentir no começo, vão querer ficar até o final" – ele a parafraseou.

– Sim – ela respondeu.

– E aqui está você – acrescentou.

– Mas isso não quer dizer que seja um final.

– Você está insinuando de que eu menti para você, desde o primeiro beijo?

Isabel balançava a cabeça, negando com ar plenamente positivo e contente.

Ele já estava mentindo.

– *Evoé,* meu bem – ela declarou, erguendo o cigarro.

2

— E você não trouxe Helena – disse Castiel.
— Muito tarde para trazê-la.
— Está certa. Mas ela está bem? Ficou com o pai?
— Sim, ela está. Porém não quero falar dela. Vai, me diga, e os poemas?
— E os poemas... engraçado.
— O que há de engraçado?
— Parecem meus filhos gêmeos.
— Não te agrada?
— Serem gêmeos, não. Mas, sim, continuam aparecendo. Às vezes, você sabe.
— Sei de quê? – ela perguntou.
Encarando-a, pegou a garrafa no chão e virou algumas goladas no próprio gargalo.
— Isso não foi legal – disse Isabel.
— Então você sabe...
— Que você está virando alcoólatra? Agora sei – retrucou.
— Talvez. Não há mal nisso, surtindo em mim algum efeito. É para isso que existem os defeitos.
— A bebida não te leva a efeito algum.
— Você nem imagina...
— Seus poemas devem estar bem monótonos mesmo – ancorou Isabel, com desdém.
— *Why, mom?*
— Se você pensa que controla tudo o que quer, que poesia acha que tem?
— Na mosca.

— Não, no poeta mesmo.

— É importante enfatizar a diferença.

— Falando em "*mom*", por que você disse que saiu da casa de sua mãe mesmo? – ela perguntou.

— Ainda gosta de árvores, não é? – retorquiu.

— Claro.

— Enfim, por ela ter me dito que não são todas as coisas escritas que devem ser publicadas.

— Convincente. Você não gosta de árvores.

"Eu amava, pensou".

— Não – ele respondeu.

Fumando o cigarro, Isabel refletia, enquanto Castiel analisava o acontecer.

— Aliás, acontece algo de esquisito. Uma espécie de repertório distante vem à minha cabeça, todas as vezes em que nos encontramos.

— *Déjà-vu*? – perguntou ela.

— Olá, *Trinity*! – disse Castiel.

— Olá, *Neo*!

— Mas não, não são *déjà-vus*. Talvez seja uma vontade de deixar São Paulo. Como se eu provasse uma inconsciência que não é minha, transmitindo frases que não são como sou.

— Exemplo?

— Não conseguirei explicar agora, mas não é fotográfica.

— É literária – afirmou Isabel.

— No fim, pode ser – completou.

Levantando-se, Isabel fazia questão de soltar a fumaça em seu rosto.

— Sua criatividade tem de parar de ser uma vingança – disse.

— A arte está para o ataque, como artista está para defesa –afirmou Castiel.

— As raízes são bem diferentes.

— Não entraremos em artigos logo de cara, não é?

Ambos sorriam desagradavelmente.

— Vamos ler esse livro – disse Isabel, pegando as folhas de suas mãos e sabendo que o livro não tinha a ver com vingança. Mesmo tentando fazê-lo crer que Pietra não havia sido uma causa importante em sua vida, ele a deixava acreditar que supostamente conseguia, mas o efeito não era o mesmo.

Levantando-se também, notou que ela fitava as primeiras palavras e, então, interrompeu-a:

— Você se lembra do que é verdade, não é?

Ele não entendia seus desejos e, com desdém, Isabel o ignorou.

Trinity e Neo: personagens do filme Matrix.

3

Meu livro (ser) está em cada parte de suas costas (você). Seus finos pelos guardando as palavras a serem escritas por (em) minhas mãos em nossa cama. Consigo encontrá-lo em cada movimento circular dos meus dedos em você. Peço para que se deite; precisamos escrever. Mesmo que se torne mais livre; o equilíbrio do mundo não está fora de você. Meu riso em seu riso, buscando nosso efeito final. Mas como nos param, como nos perguntam, como nos pedem ajuda, como nos molestam, como nos vasculham! A estes cálculos estreitos, minha mão, largura de sua coxa; sua mão, tamanho de minha nuca; sua testa, meu pescoço; meu braço, sua cintura; meus olhos, seu coração. *"Mas como foi encaixar desse jeito? E por que tinha de ter outro jeito?"*. Seus cabelos que, por mais que eu os toque, nunca saberei do que são. Esta referência que me demarca: nossos rostos sob esta propriedade de ouvir o volume paralelo de amor a sair de nossas bocas. Este vandalismo hermético, somático, sem qualquer busca cansativa do inalcançável. Nossos nomes completos, saindo em último caso; esbarradas mortíferas, cagadas simétricas, batida bilateral de bens materiais com quase uma tonelada, pela animação bruta ou pela incapacidade de felicitar, de lidar com a densidade triangular que nos abordou; o seu flexionar de braço direito por cima do banco, fazendo alicate com os dedos, pregando os lábios mutuamente. As suas certezas incontestáveis por cima dos assuntos que eu propunha, ou que você começava, como se tudo fosse inadmissivelmente óbvio, fantástico, a suavidade em que se intercalavam nossos interesses e desinteresses à falta de pausa imperceptível para os nossos excessos extras-físicos. Nossas reflexões idiotas sobre Rita Lee e seus poderes ocultos, até chegarmos em como eu teria ido àquela exposição no centro da cidade, crendo que "Basquiat" fosse uma mulher. Então você se forçava a ficar zangada com coisas que não precisava, mas apenas para se retificar de que ainda éramos pessoas; pessoas que podiam se magoar e que poderiam existir em mágoa.

E eu sei que voltei da Califórnia, certo de que logo voltaria para lá, porque tinha voltado ao Brasil apenas para rever meus amigos e a família, e meus amigos me apresentaram a você e você me apresentou aos seus amigos, e eu não tinha tanto o que te apresentar além da minha família, de modo que antes que pudesse pensar em te apresentar outras coisas, nós já estávamos dentro de tudo isso. Você me levava para aquele distrito onde ficava a sua casa, fora da capital de São Paulo, e eu te levava aos restaurantes que costumava frequentar antigamente, e nós começamos a descobrir lugares fora de nossos lugares, e quando paramos para entender, o namoro como codinome abjeto, este inegavelmente já estava lançado sobre nós. As escolhas pareciam fáceis, porque parecia que tinha de ser fácil. Você preparada e sem medo, pronta para se envolver com o músico evidentemente em anonimato, que fazia letras desconhecidas entre esoterismo e metafísica. E o músico amador andava avidamente convencido de que precisava de mais alguém além dos seus amigos, que permaneciam repetidamente neste fardo; largo da batata, drogas e baile funk. E você se interessou pelo estranho cara que preferia as palavras surdas, e eu me interessei por sua expressão narcisista de quem tomava decisões ágeis para as catástrofes da vida. E foi agilizado o processo afável de dizer que te amava, porque sim; porque ouvir daquelas pessoas em comum de que você não teria se envolvido com ninguém da sua antiga faculdade, me colocou numa pressa–masculina–absurda de que o diamante secreto pudesse se descortinar apenas para mim, meiga e tranquila por atrás das arestas onde o resto da cambada anódina pudesse ver, tomar cerveja, falar devagar e amar prolongadamente.

E eu estava vivo, simplesmente vivo. A expectativa de que São Paulo fosse me receber apenas na mesma mesa de jantar que eu conhecia, e ver a cidade se virar contra mim; ou melhor, a favor (os paulistanos a arremessarem poemas), fez os californianos perderem em absoluto o seu paraíso *beach-hemp*. E em pouco tempo, fomos àqueles shows esquisitos, naqueles bares e padarias que se abriam de uma maneira diferente de quando não existia você, desqualificando também o apelido da minha cidade, como apenas cinza e sem amor. E logo chegou o seu aniversário, e logo eu gastei a maior quantia de dinheiro que havia gastado com presentes de aniversário, e logo chegou o meu aniversário, e logo você me mostrou ser muito criativa com quem amava, e logo depois estávamos indo ao Rio, a Minas, a pequenas viagens, a viagens dentro de viagens que aconteciam de maneira despretensiosa, nos colocando em boas e em más surpresas. Você me mostrava, na estrada até Minas, as enormes plantações de café, animadíssima com o "riscar da terra" autêntico de cada fazenda, e eu não achava nada daquilo interessante, mas seus dedos apontando fazenda por fazenda, deslumbrada pela ideia de que o seu café estava para crescer e que ficaria ainda maior que aqueles cafezais, me animava. Até mesmo eu faria um curso de barista ou ajudaria o caseiro de suas terras na enxada, tudo por você.

Lembro-me daquela distinção natural de termos escolhido um hotel afastado do burburinho (no Rio de Janeiro), fazendo-nos gastar grande energia dentro de ônibus e metrôs por horas, para ir de um bairro ao outro, tendo ainda de nos manter alerta em relação à segurança; oportunidades de furtos e inoportunidades de não nos amarmos tanto quanto queríamos na cidade maravilhosa. E voltamos para nossa São Paulo, que fez o que nos fez no começo; nos olhou *icônicamente*, mantida num espetáculo íntimo, de inexperientemente ser apenas São Paulo. Aprendemos a amar o cinza tanto quanto nós, pois a cidade parecia reluzir um armazém de nossos pensamentos. E se a selva de concreto soasse como um boomerang a voltar para pessoa errada, amá-la se tornava um imperfeito-jardim de cores celestes. Eu adorava te ouvir falar dos bairros da época de colégio para onde você ia sem sua mãe saber, onde ficava a tal igreja que frequentava nos domingos de antigamente, sobre o trajeto que fazia de sua casa até a Liberdade às cinco/seis da manhã quando se preparava para os vestibulares, e das terças-feiras, quando dormia na casa de sua melhor amiga, Sheila, por ela morar mais perto do centro e de tudo, assim podendo, vocês, estudarem juntas até tarde, e não acordar horrivelmente cedo no dia seguinte para o cursinho.

Você sempre tinha muito o que falar, principalmente; "eu já ouvi falar nesse lugar, ou nessa coisa, ou nessas casas, ou nesse café, ou nessa marca, ou nesse festival." Então lá íamos nós; rastreando os endereços do que você tinha ouvido falar e indo atrás para conhecer. Você parecia tudo, menos uma mulher. E meus poemas, naquele tempo, pareciam cinzas fabricando perfumes. Porque você queimava, sem pedir licença, a nossa inteligência, e eu me sentia imprestável, para em seguida me sentir inspirado, uma necessidade de evoluir cada vez mais para ir tão profundamente quanto o incêndio que fazia acabar com os seus assuntos sob os meus ouvidos, pedindo, praticamente a todo momento com outro tipo de idioma, que eu fizesse eternamente poemas sobre nós dois.

E sua blusa na linha do umbigo, seus brincos de filtro dos sonhos balançando dentro do carro enquanto eu acelerava sem rumo, apenas numa rodovia gigante, onde eu tinha a segurança de que houvesse um retorno, ou a insegurança de que houvesse um retorno, e acelerava mais e mais enquanto você abria minha calça, ou enquanto você queria que eu a olhasse, ou enquanto você se maquiava, ou enquanto nós apenas ríamos do silêncio impossível por conta do escapamento barulhento do meu *hatch*. Mas mesmo assim, os poemas continuavam vindo e você parecia surtar junto comigo, pois abria minha calça enquanto falava e gritava cada vez mais alto, e eu tinha de dirigir, porque se parássemos em qualquer lugar parecia perda de tempo; era melhor perder gasolina. A prova disso foi naquele outro museu o qual tentamos ir e, ao chegarmos na frente do prédio, o segurança nos avisou que tinha acabado a luz. É claro, não podíamos estar ali.

Batia no volante do *hatch* com tanta força quando você me deixava, pois era inevitável. O carro aprendia da pior forma que deveria aprender a dirigir sozinho até a sua casa. Mas saíamos, e saíamos com aqueles amigos, encontrávamos outros amigos e, então, fugíamos de todos; *"Estamos indo comprar uma água"* (sumíamos.) Avançávamos dentre vielas, lendo poesias de grafites, varal de gambiarras quentes brancas, luzinhas, andando naquele ladrilho descompensado de ruas irregulares. A Vila Madalena era nossa senhora, senhora de todas as senhoras, menina avoada, a nossa moleca, a senhorinha dos centeios, senhora dos atalhos perdidos, a senhora das metáforas-por-acaso. Eu me deitava sob suas pernas, quando nos cansávamos ou vice-versa, mas olhar para você era olhar ao redor do mundo. Não que algo deixasse de existir, mas tudo que existia colidia em teu olhar (nunca torci para que você pudesse se ver naqueles momentos; a mania de perfeição acaba com o mundo); éramos uma Gestalt querendo acabar com a Gestalt. Um princípio de variação procurando não se variar. Dois gatos se mordendo pelas fendas da realidade. E se um de nós decidíssemos ir embora, parávamos naquela mesma rua deserta perto do metrô Butantã (onde seu pai te buscava na estação, pensando que você estivesse vindo desde Pinheiros acomodada em um dos vagões), e então abríamos os beijos, beijos que levavam o poema todo, beijos que podem sair seis vezes escritos; seu beijo, beijo, beijos beijados, beijocas, beijões. Terminávamos num amor compulsivo a derreter as janelas de calor, sem podermos ficar completamente nus e, às vezes, genuinamente no sentido Rita Lee; amor por telepatia; arrepios em sequência de perguntas; "Você sentiu isso? Agora você sentiu, não sentiu?"

E me perdoe, me perdoe por esta maneira débil e perturbadora; esta natação dentro deste vocabulário curto e assimétrico. Mas eu preciso me firmar cada vez mais neste meu cata-vento, meu poeta, o desmanche de minhas limitações cognitivas. Amar em limite denotativo sempre foi pouco para mim. Éramos homônimos perfeitos. Escreveram um panteísmo a nós, eu tenho certeza. Pois a incerteza da atemporalidade do teu amor foi a mais bela que eu encontrei. Não consigo, inclusive, entender como um homem pode dizer que ama uma mulher sem nunca ter lhe conhecido (ainda bem que não conheceram). A vida trocando mais uma vez de definição; a vida sendo uma solução rebelde de alguém inconformado com a solidão. Uma admiração que insiste em procrastinar e eu estou procrastinando; colocando palavras ao invés de ações, porque tenho certeza de que não é para todos os homens que você chama de alga-gêmea. Não são com todos os homens que você tem a paciência que teve comigo. Você não deve se atrasar em bares, antes de chegar aos compromissos (talvez em outros bares), de modo a dar liberdade a um outro te dizer o quanto está conturbada a intensidade de andar um centímetro a ter ou não ter você até a chegada ao bar-final (entre outras pessoas.) Desintegrar, nos reformular, parar elevadores com a força do pensamento, tomar a condução dos hemisférios ao dar as mãos. Você, com certeza, não está sendo pedida em namoro na frente do Pão de Açúcar da Teodoro Sampaio, dizendo que seus pais não podem saber que você está namorando um desvairado como eu. Você, com certeza, em alguma parte do dia, quer colocar seu nariz para fora e sentir o mesmo cheiro de "cinzas fabricando perfumes", que sentíamos ao termos nossos rostos cheios de nossos poemas e de nossas avenidas, felizmente despreparados para nos admitir como; talvez.

Beach-Hemp: *praia e marijuana.*
Icônicamente: *universalmente icônico.*
Hatch: *modelo compacto de carros populares.*

4

Pietra entrou no prédio como se não estivesse junto de ninguém, esbarrando numa senhora que carregava um gato gordo e branco no colo, a qual, sem conseguir a elasticidade necessária para desviar do encontrão, balançou-se desengonçada, repelindo a moça:

– Vadiazinha de merda.

Passei, logo em seguida, pela senhora e sorri como se não tivesse visto a cena, e ela, de um jeito indiferente, esticou metade do lábio, o que parcialmente funcionou.

Entrei pelo hall escuro e não consegui sentir o cheiro de tinta fresca, cujo as paredes dali, mesmo sem retoque, permaneciam a exalar.

Pietra olhava fixamente para a contagem do elevador enquanto mexia as pernas. Fiquei a andar em círculos, com a sacola do pãozinho italiano batendo sob minha lombar.

O elevador chegou e, dele, saiu Gustavo. Amigo antigo do prédio, entrando como um disco de óleo sob a água, me abraçando.

– Salve, salve, meu querido! – exclamou o óleo.

– Como está, irmão? – perguntou o único átomo de oxigênio da água.

Seria realmente agradável saber como ele estava e para onde estava indo. Foi um amigo espetacular em determinado tempo. Mas imediatamente como fazia, mais rápido do que podíamos acompanhar, voltou a me abraçar de súbito, deixando no bolso do meu casaco um pouco de safra marroquina, respondendo: *"Bem, e você?"*, depois me largando roboticamente, seguindo seus compromissos, enquanto eu entrava no elevador.

Pietra segurava a porta virada de costas.

Apertando o sexto andar, encostou-se do lado esquerdo, apoiando a cabeça lentamente na parede de metal.

Como se lembrasse de minhas teorias de que barulhos bruscos no elevador demonstram instabilidade emocional, ela parecia uma marquise, ereta e seguramente presa ao chão.

Eu me portei ao meio, fazendo assobios musicais de boca fechada.

– Você quer que eu leve alguma coisa? – perguntou, desanimada.

– Não – respondi.

É curioso como conseguimos trocar de íntimos para estranhos, dentro de elevadores.

Alcançando o sexto andar, esperei que ela saísse confortavelmente, pois a chave de casa estava com ela, e também por não haver lógica em ter pressa para discutir uma relação.

Entrando em casa, Pietra se sentou no sofá, retirando sua jaqueta sem tirar os olhos de mim. Deixei o pãozinho sobre uma prateleira da cozinha e, mesmo sem ser convidado a me sentar, obedeci às suas pupilas fumegantes, me acomodando na poltrona em frente.

– Pode começar – disse, tentando resgatá-la de uma observação tortuosa que ela não excedia.

– Bom...

– Espere – interrompi, me levantando – Vou pegar um conhaque, você quer?

– Eu preferiria que você não bebesse – ela disse.

Voltei a me sentar na poltrona.

– Tudo bem.

– Certo...

Ela pensava muito no que precisava dizer.

– Não ouvir, talvez seja a atitude mais sombria do ser humano para com o outro.

Fiz positivo com rosto. Ela continuou.

– Uma sopa... Dois idiotas tomando sopa sem roupas... Apenas teu gesso para fora da coberta. Assistíamos...

– A Fábrica de Chocolate – emendei.

– Exatamente.

Suas pupilas começaram a se lubrificar.

— Você quer terminar — falei.

— Eu vou chegar lá — ela disse.

Se levantou do sofá e caminhou até a cozinha. Abriu o armário em que deixávamos as bebidas e pegou o conhaque.

— Você ainda quer?

Eu não entendi o quê, mas respondi:

— Claro.

Pegou duas pedras grandes de gelo e colocou num copo só. Encheu até a boca e largou a garrafa aberta na pia.

Voltou para sala dando o primeiro trago no copo.

— Eu quero dar um tempo — disse, ainda de pé.

Permaneci em silêncio. Ela se sentava ainda mais certa do que acabara de dizer.

— Tento esquecer discussões, tento esquecer atitudes tuas, mas isso não existe. Esquecer não existe enquanto alguém está a nossa frente. Você é um ótimo companheiro, mas em qualquer atrito, nós pensamos em terminar. Agora me pego deixando de ser eu mesma para nos encaixarmos, inconscientemente... Porém, está cada dia mais difícil... Tudo agora, o que vem de mim, não parece tão interessante a você, e isso me machuca muito.

— E por que não me alertar sobre isso? — questionei.

Ela arregalou os olhos.

— Se isso é tão involuntário para você — disse.

Tomei cerca de duas talagadas de conhaque.

— Vou pegar mais.

Ela segurava o rosto, penosamente, tentando manter a calma.

— Me dê mais um pouco — pediu, quando me sentei de volta.

Eu já estava tonto.

5

E sim, deve haver uma responsabilidade. Ou a ideia de responsabilidade; no instigar, no te plantar, no me promover. Mas como eu queria te falar que, mesmo sem ter algum amanhã, você poderia me dizer; por que você tinha de dizer, afinal. Naquele desconserto de me contar; de falar olhando o meu rosto, em silêncio; dentro desses olhos em que rolava a frase a qual se entrega a grande maioria dos motivos de como hoje eu te deixo, às quatro e vinte da madrugada, sozinha em teu quarto, tendo de voltar para o meu. Eu não sei se você tivesse assumido essa tal responsabilidade que tanto assombra e retarda o zenital da vida, eu talvez tivesse ficado até a hora de seu despertador vibrar e nos acordar na hora dizente; o que também seria cedo. Mas por não ser de atitude minha, talvez me tirasse estas palavras muito importantes sobre como é lindo mesmo não ouvir o seu raciocínio categórico sobre o porquê de ainda não dizer que me ama. E eu de ter dito uma única vez, sem nada que me leve a ter o direito etéreo ou subjetivo maior que o seu, esse atino abusivo de me colocar contra tua cama, e me ameaçar com este amassar de pálpebras, com essa língua endereçada a me dar arrepios profundos com teu seguro segredo de talvez me amar. Como quando tentei te convencer de que seria possível alguém ter um princípio novíssimo e orgânico com base unicamente numa experiencia própria, sem base cambiante de alguma biblioteca a ponto de fechar ou de site a nos extorquir. Sua fadiga inconveniente começava a subir sobre os pequenos tuneis de sua garganta, para dizer urgentemente e apressar a ideia figurativa de que "isso só seria possível se o indivíduo não tivesse contato com o externo". Eu não sei de onde você arranja e adéqua essa coragem precedente que se mascará tão bem. Mesmo olhando para mim com aquele cantar-veemente, aquela troca de sequestros-relâmpagos entre suas notas e meus braços, nos esconderijos de onde o vento deixava. Se esquentando daquele frio absurdo com direito de me ouvir e responder, e, mesmo assim, dizer que só é possível criar a partir do último ser-criador. Cheguei a triscar pelas bordas dessa barriga mole, açoitada, dependurada, de que o amor aparece pelos outros subsequentes, mas não sinto que vale a pena eu me localizar nisso. Porém, de qualquer forma, é bom que você leia. Assim você não poderá jamais me julgar, de ter te abandonado em plena madrugada com a testa molhada de suor, *doentemente* aflito por não ter escrito sobre momentos como aquele chá amarelado que agora eu sei o nome; infusão, com a mistura do amarelo e do verde, ou sobre seus agasalhos-casa, longos e de lã, e como o seu desarmar ameno me adentrava as melhores e mais inocentes notas de uma poesia com grande convite a ser um fiasco. Esse lugar insosso e querido de que se é; de perder a mão do que se está fazendo e ter uma grande admiração pelo avesso do que é a beleza poética. Esses colchões com cheiro de amaciante, brancos, por cima de uma cama sob medida, suas músicas de fundo, seu convite para infância no retalho de tapete que te resta na frente de um espelho, essa parede cheia de lembretes em pequenos papéis coloridos, esses livros amontoados, e agora a indelicadeza de saber que o meu também estará naquela estante. O amor, mesmo sendo a matéria acional da literatura, não sei por que tanto me difama. Me faz querer banir o sal, banir as curvas, banir o veneno. Quero tanto quanto você arcar com a responsabilidade de dizer eu te amo. Mas como, em toda história, você me fez perguntas onde o que sobra de cenário é exatamente isso: um retrato-discado, escrito, exigente, curando-me da resposta que eu precisei dar. E quando essa fase de filme passar, como você vai ser? Confesso que sempre vou preferir concluir as horas de sono a sós, com tuas defesas alquímicas e paralisias programadas pelos seus segredos, do que te responder com outra coisa a não ser a tristeza, principalmente por você ser atriz. Você quer ser uma boa atriz ou você prefere me ouvir dizer que não consigo arcar com a responsabilidade de dizer que te amo? Que, na verdade, eu nem conheço a responsabilidade que se é dizer "eu te amo." Mesmo quando não sei se você está usando o que aprendeu no teatro para me fazer acreditar ainda mais nisso. Mas pedir para o diretor explicar como é quando ele chega em sua casa, depois de um dia de gravação? Não é melhor esperar até o filme ficar pronto e ir a estreia com seu melhor vestido e sua melhor esperança? Se sua responsabilidade for a base de esperança, eu poderia te responder simplesmente dizendo no atropelo mais doce de meus lábios: "Eu vou te amar, e é assim que vai ser." Sem pensar na responsabilidade sobre como serei depois do filme.

Você me fala pouco, e eu desejo que possa continuar assim: eu tendo de descobrir, depois desistir, e então voltando a essas páginas para dizer o quanto te amar é infinitamente um problema. E por mais que eu não queira me fechar, essa é uma das coisas que mais me doem o coração, colocar uma canção espécie coleira-de-touro e ir afunilando o parágrafo como a cabeça de um triângulo reacional ao desaparecer das entrelinhas nessa coxia-ao-mar. É como se olhar para trás realmente funcionasse. E por não querer dizer que o amor é uma responsabilidade, eu apenas digo que; o sono está presente, a bebida está pequena, e todo o outro aperto, eu procuro chutar com ponto final. Eu te amo, e isso me salva das outras responsabilidades que, no caso, absorvem nosso tempo sem que ele possa ser dele. Amar ordenando; o claro e o escuro, a direção e a veneta, a tristeza e o abandonar, o conhecer e o esquecer, a leveza de terminar outra parte de um texto, sem que a cobrança consuma minha realidade invertida, do que é "irresponsável", a você. Pouco se é na vida, muito se é no sonho. A literatura e você são dois presentes magníficos.

6

— Você se esqueceu de falar das pedras de gelo dentro do chá — disse Isabel, abrindo os olhos como Isabel.

— Não me esqueci de nada — respondeu.

— Estou te enchendo — beijou sua mão direita — Nas nossas partes, você não precisa ser duro consigo mesmo.

Castiel achava ao contrário. Ele era responsável.

— Mesmo a rua sendo o mais subterrâneo dos andares, a mim, ela acaba sendo o lugar onde minha poesia se torna vertiginosa.

— Você quer se sentar? — satirizou.

— Alguém já está alegre. Mas é uma revelação tardia, porém continuamente necessária. Reafirmar que o chão faz ainda mais parte do que visamos ser, do que... enfim.

— Seu cabelo é igualzinho sua mente, uma bagunça — disse ela.

— Ele está enorme, não?

— Sim, mas não o corte.

— Não, cortarei quando o livro acabar — consentiu, desistindo de ter grandes elipses.

— Certo, e o que falta para acabá-lo?

"*Você desaparecer*", pensou.

— Ele ser essencial para que as pessoas o reproduzam nas outras. Almas distribuindo livros. Essencial para que nunca termine seu caminho depois de sair do meu.

— Mas, meu bem... — levantou, servindo-se de um pouco mais de vinho — Supondo que o livro ainda não esteja coerente com o que você propunha aos seus critérios, nós sabemos que, se você estiver a escrevê-lo à beira de um bloqueio, à pressão de uma autocrítica severa, ou seja lá como for Castiel, seu poder de síntese não é tão acessível ao raciocínio pragmático das pessoas. Eu sou como você, perfeccionista, mas é seu primeiro romance, não precisa ter medo de errar.

"*Preciso*".

Castiel a ouvia olhando para os carros. Pareciam passar no farol vermelho pela quantidade contínua que se disparava.

– Mas este medo é porque sabemos que podemos mais. O problema é o procrastinar-advindo-do-medo ou da bobagem. Pois assim como, imagino, com você, quando solto as placas de cima da cabeça e me deixo ir exatamente aonde o invisível quer...

– Acontece – admitiu Isabel, rindo continuamente.

– Exatamente. As grades se quebram muito fácil. O infinito, de fato, não é coisa para os olhos.

– Você é igual a mim, quer entregar demais. Mas, para isso, é preciso aceitar que você pode.

– Não tenho receio nenhum em criar coisas mirabolantes, mas parece que, às vezes, me sinto culpado por fazer o que faço, sem que outras pessoas estejam a par.

Ele falava de Pietra.

– "Isso de viver quase nada, por ter de economizar no estojo, ter de economizar nos passos, ter de economizar nos vidros. E isso de economizar acabar entrando na poesia".

– Você decorou! – exclamou Castiel.

– Foi o único trecho deste livro que você me leu antes de ele ser finalizado.

– Vou ter de colocá-lo entre nossas partes.

– Coloque.

– Mas é engraçado, sinto que nunca te escrevi de verdade – disse Castiel, passando o braço esquerdo por cima de suas costas, sem querer dizer que aquilo tinha a ver com a segunda parte (ou a primeira).

– Você entende isso? – ele perguntou.

– Acho que sim – respondeu Isabel, recolhendo o braço, sem entender se ele falava sobre a verdade ou sobre o resto do livro.

7

 Eu me incomodava com os seus dentes no começo.

 Com a ideia de alguém cada vez mais grega e descomunal. Mas, aos poucos, os dentes grandes pareciam uma capacidade de colocar a risada em lugares que as pessoas com dentes pequenos não conseguiam. Além de ajudar na pronúncia. Mas nessas duas conotações positivas, a paixão ajudou. Ou seja, a paixão ajuda na risada e na pronúncia. Ficava imaginando como seria você mordendo um cubo de gelo, porque é algo que eu realmente adorava fazer sozinho. E imaginei que você seria uma máquina nisso. E confesso que passar a tarde arremessando cubos de gelo para você roer como um grande esquilo esquartejador e depois comemorarmos com um ar constrangedor de que você era estranha e eu, um psicopata, me agradava muito. Porque saberíamos que aquilo passaria assim que os gelos derretessem, sem que fosse para gelar o que fosse. Mas enfim, o infinito pode estar também numa *eludição* dentária que eu guardei, para mim, sobre você, que, pela sorte, não tinha mania de me morder. Talvez porque a palavra não me traje inteiramente como um artesão. Digo do *tears* à escultura ou da escultura ao *tears*. Sua nova roda-viva de afazeres perseguindo meu "infinito" de me sentar e escrever, geralmente girando para trás, e geralmente falando sobre você. Mas do que adianta dizer a você que o infinito de cá ou o de depois é você? Ou que você é sua filha, e que a mim não importa quem seja ninguém de sua família, pois sempre será você e várias de você. Ensinará *tears* ou escultura a eles? Porque é disso que falamos juntos, então vamos levar isso a eles. Você indagando que "quem não foi incentivado a pensar, não tem culpa de não exercer o raciocínio". Então, cumpriremos com essa tarefa. Do seu lado, eu sei, a primeira escultura talvez seja de Helena, olhando para a janela, ou dela sorrindo dentro do andador. Mas sei o quão mais fácil será você me culpar por "estar falando palavras difíceis", quando o que estamos fazendo é apenas dialogar sobre o que faz seus dentes amenizarem uma interdição, imparcial, de qualquer pessoa que eu tenha que dizer "delete" silenciosamente. Aliás, tenho de deletar tudo o que se derrete num mesmo cardiograma (seus dentes servindo de inspiração ridícula e ofensiva.) Um púlpito desregulado, que sai mijando em cada poste como um cão-da-sorte-sem-dono (irresponsável.) E se preferir, a Helena ou a família inteira, fale que sou seu segurança (que escritor quer um segurança?). Por isso, a palavra não traja o ser como nada, apenas com o que ela tem a dizer. Já a escultura, se você inventasse uma técnica com os dentes para as esculturas, talvez desse certo. Eu concordo com a ideia; uma escultora tem de ter um segurança. Num relacionamento, temos de nos ajudar. De modo que se não apoiarem a escultura, mas você tiver um segurança (eu), sua mãe verá que as coisas andaram, e então a escultura será motivo de referência para a próxima artista definhar a própria vida, mas tendo um segurança. Eu poderia ficar quieto, de pé perto de um abajur e com óculos de sol, evitando que sua mãe fale "ah, então você escreve livros!". Fazendo o assunto central ser os seus dentes enormes de mula, que podem servir de espátula para uma nova vertente da *scultura* dramática.

Eludição: ciência filantrópica de se elucidar com o incomum.
Tears: utensílio utilizado para trançar costuras de tecidos.
Imparticular: não-particular.
Scultura: escultura em italiano

8

    Encarar a tudo sem mudar nada. Livrar-se ao se findar. Como achar que, por estar num envolvimento não conjugal e sem seriedade, isso possa afetar o divagar parnasiano. Ter este parâmetro gelado de cima dos prédios, mas ainda assim acreditar que a altura não nos mata. Existem territórios mais poéticos que os outros, ou apenas pessoas mais descabeladas que não ligam se dentro dos poemas há um pouco de piolhos? O paralelo anelar, a desconfiança ainda não aguda; "se não conheço, não tenho como esbofetear a cara". As frases puxadas para trás, por não sentir que o elogio veio de dentro. Afinal, não adianta te fazer ouvir músicas boas e não te fazer gozar. "Mas com Léia, gosto dos brincos; com Fernanda, gosto da liberdade; Sofia me envia vídeos nua; e se não verei Léia hoje, posso dar um pouco de atenção a Sofia". Quem mais repete isso, você ou nós? Pois ter tentado deixar de fumar, não te animou (para Pietra, teria sido incrível, mesmo que ela tenha começado a fumar depois), assim como você ser adepta a *Ayurveda* não me emocionou. E por que jogo seu lado nestas comparações de uma maneira tão cruel? Pensarei nas minhas escolhas, pois ainda pode conhecer outro escritor em sua vida. Jesus! Não, a emoção não é cruel, mas "não me emocionou", sempre será pior que; "não terminou, terminou?" Mas eu posso inverter; saber que você é adepta da *Ayurveda* não me animou, assim como eu tentar deixar de fumar não te emocionou. Isso não é consolo, mas talvez falar sobre consolo, assim que eu inverto os pesos das grades, é uma forma de continuar parecendo que o tabaco é mais importante que os legumes e os vegetais. Deve ser uma pecinha do cérebro não quero falar 'parafuso', pois imagino que parafusos saindo do útero deva doer. Mas, com certeza, alguma coisa um pouco menos sólida a sofrer acidentes enquanto se mantém as canetas em praxe de ação. Odiar a digitação com finalidades íntimas e ser visitado por premonições calorosas de amores-particípios. *O poeta não consegue ser um bom crítico.* Talvez os espaços de um texto sejam os espelhos do que eu deixo de falar. ( ). A literatura ou à literatura. História adentro, freio. História afora, questões. E quando perguntam "como fazer um quadro de tudo que você fala?", eu respondo "escreva um livro com as coisas que eu digo". Total obviedade de senso. Soberania-humilde. Mas estes quadros, com certeza, julgariam como gringo. Filho nunca enxerga a casa. Pensar que o romancista não pode ter fanfarra. Escrever a fanfarra e lembrar da explicação breve de Isabel sobre o nascimento do jazz. (O exu africano, viva Roberto Piva!). Reprodução de canções eruditas, o manejo do trompete com originalidade pelos negros refugiados do resto da América. (Desconsidere o começo do texto.) Então o alinhamento com a minha distorção *diccionária* vinha com a sua chuva torrencial de influências; Chet Baker, George Gershwin, Pina Baush, Thomas Mann. E você apelidava suas plantas com nomes do tipo Zélia, Aroldo, Vânia. Eu não tenho uma assimilação de nomes com rostos tão repentina, mas eu não me envolveria com a Vânia. Digo, ter uma mulher, não uma avó. Fazer família e não receber os netos mais que uma vez na semana. "A vovó tem uma planta chamada Pitty, e ela diz que a planta gosta de comer os dedos; tenho medo da casa da vovó." Agrada-me assim.

Estas pontas de pés com o pequeno passado que se sucedeu. A deslumbrante lembrança que isso resgata. Digo, citar Pina Baush junto deste mísero comentário irônico de suas plantas. Sendo que poderia ser algo como: seus pés são magros e não me agradam tanto, porém foram os primeiros pés que me fizeram imaginar os pés de Pina Baush. Ou me remeteram à história do ballet. Pés que nos remetem à história do ballet. Isso, com certeza, não ajuda no sexo, mas eu não fico olhando para seus pés quando transamos, porém eu olho para eles quando eu acordo. Penso que medida adotar quando não há nenhuma atração pelo outro, mas há dezenas de inspirações quando se apenas está distante. Sendo que a amizade é incogitável, o apreço da carne seduz tanto os ouvidos que não teria uma abertura serena para dizer "vamos ser amigos". Vulcão repentino, gêmeos solstício, impaciência bruta. A única maneira de conversar é o abandono. A única maneira de entender é perdendo o desejo. Existem comunicações que são verdadeiras incógnitas, mas honrosamente quero voltar a Pina Baush. Por ter comentado com alguém, que não Isabel, que estava apaixonado pelos vídeos antigos sobre o ballet profundamente sem caixa torácica, pela maneira em que há um funil de areia preso em cada um daqueles olhos. Pina seria uma mulher pela qual o escritor seria exilado e, mesmo assim, não voltaria com um livro à altura de sua aura. Pina Baush, a exata equação melancólica fora do rastreio literário de tradução. Isabel, compensação. Pietra, Pietra.

Ayurveda: estilo de vida indiano que harmoniza o corpo, a mente e alma.
Diccionária: provinda do dicionário.

9

A atmosfera mista lhes impedia um "palíndromo subjetivo". E sob o escuro do céu, uma tigela enorme de vermelho negro derramava a sensação de insegurança, mas ainda assim a vida a fluir. E talvez fosse isso que tornava a evidência de que ambos estavam mentindo tão amistosa e excêntrica. Como saber que aquilo que se deixa volta, mesmo sem se saber chegar. O fato de Isabel adorar suas "nunca–chegadas" era uma forma de lhe mostrar seu amor dubitável por ela mesma. Achava vasta a epopeia-literária do homem a escutar as partes insólitas, entre as possibilidades de *inspirações-provindas-de-nós*, mas nunca sabia se estava a se encontrar realmente com ele.

– Caminhei por aqui mais cedo – comentou Isabel, apoiando seu copo para fora da mureta com corpo solto para onde dava a cidade.

– A que horas?

– Bem cedo. Umas oito, oito e meia – ela respondeu.

– Muitas pessoas? – perguntou Castiel, tragando o cigarro.

– Menos que agora. Havia pombas, dezenas delas ao longo do caminho, planejando onde iriam cagar.

– Temos aqui uma etologista; você leu o pensamento das pombas – ironizou.

– "Vou cagar naquela ali. Não, ela é bonitinha. Vou cagar naquele vândalo que vem atrás" – ela narrava, interpretando uma voz aguda.

A olhar com os dentes escancarados, fez o longo gole de *pinot* macio, repudiável.

– Antes, você consentia em irmos a locais para eu escrever sobre o passado.

Isabel olhou para baixo, se recolhendo aos poucos, aspirando, desolada.

– Quando eu era menor, junto das outras meninas, eu me mantinha num pensamento ao observar como elas ficavam eufóricas com os meninos, e como aquilo, com tempo, as transformavam em grandes inimigas do sexo masculino – disse lhe olhando.

"O tempo inimigo", pensou Castiel.

– Pode continuar, só estou fumando – respondeu, puxando outro cigarro do maço.

– O amor é a condição mais óbvia de afastar uma pessoa – ela emendou, procurando mais conforto para dissertar, sem que a adrenalina de estarem e não estarem passasse.

Castiel tragava o tabaco junto da frase que claramente atribuiu a um buraco errado. Isabel continuou.

– Vou lhe dar um exemplo. Tinha o certo astro da época, de certa banda, que todas nós ouvíamos certas músicas. E os comentários eram os mesmos: "Nossa, como eu queria ser namorada de fulano", "Nossa, como eu queria beijar fulano", "Nossa, eu chuparia fulano". E eu sempre pensava: "Eu apenas queria ser amiga dele", eu queria ser muito amiga dele, amiga de virar irmã.

Cerrando os olhos, Castiel perguntou:

– Você não tem muitos amigos, não é mesmo?

– Não tenho nenhum amigo – ela respondeu.

– Isso me lembrou Moravia, nos "Novos Contos Romanos". No conto "A vida é uma dança", ele diz: *"É verdade que o rock 'n' roll sempre dançávamos em público, mas uma coisa é dançar, outra é beijar-se."*

– Não que eu quisesse ser a sua Ginerva – disse Isabel.

– *"Não se preocupe, você vem comigo, e é só para versar"*, enfim, eu também não, mas isso não é belo?

– Você sabe que não – ela respondeu, recolhendo-se ainda mais.

– Não, não é mesmo... Eu também sinto falta de uma amizade – disse Castiel.

– Isso a amizade nos dá; o amor-não-passageiro. O amor é se deixar; acreditar que isso é certo, e depois querer sumir, depois de dar errado, e sempre dá.

– Então sinto que sabemos apenas sobre amizade – ele respondeu, desoladamente.

– Nós sabemos sentir, e você fala automaticamente sobre o que sente; já eu, guardo.

Isabel se afastou.

– É bom estar com alguém, sem a doença de necessitar estar logo – disse ele na metade do cigarro.

– É sobre isso.

Ela murmurou sem adrenalina.

10

O começo das cinzas fabricando perfumes. Nelas, há algo de amor. Foi num estacionamento como os outros. Ela voltava da faculdade, eu tentava me levantar da cama. Trajava-me de preto, estava trêmulo. Era como negociar com a felicidade um pouco de execução. Desloquei-me, porém, mais que depressa, Pietra alcançou o local antes de eu chegar ao meu carro. Tínhamos o mesmo modelo de veículos, o que mudava era o fato de o dela ser um sedan e o meu, um *hatch*; e mesmo que isso não acrescente em nada, é interessante dizer que sempre achávamos este, um fato caritativo. Lembro-me de notar seu sedan parado no canto esquerdo do estacionamento e, por não encontrar uma vaga similar, ter seguido adiante, quase que em outro local, para conseguir uma vaga.

Estacionei o carro e lhe mandei uma mensagem, "estou aqui, ou cheguei", não me lembro ao certo. E ela imediatamente respondeu "estou estacionada, ou cadê você?". Inspirei profundamente, ainda dentro do carro, apoiando a palma de uma das mãos acima do peito e sentindo meus batimentos como verdadeiras explosões debaixo de um capacete de titânio. Ou aço. Seja lá o que aguente uma explosão do coração.

Coloquei um óculos escuro, mesmo sendo noite, por um motivo de proteção inexplicável, e caminhei quase parando até alcançar seu carro. Pietra permanecia do lado de dentro. A luz da tela de seu celular iluminava parte do seu rosto e, pela traseira direita, onde eu resolvi me aproximar, pude ver um pouco da curiosa e fantástica expressão dos pincéis inacabados de Pietra.

Tentei entrar no carro, dando um puxão na maçaneta, mas, ao notar as travas, me senti um idiota. Tinha a certeza de meus olhos terem demonstrado essa sensação. Pietra destravou o carro, talvez não tivesse me notado enquanto cruzava a traseira do sedan. Abri, então, a porta ou ainda mais outra coisa; abri a vida, eu abri os anos, abri os termos imprevisíveis e as memórias intituláveis, abri o que ainda agora não consegui fechar. Suas bochechas tinham a exata quantidade de suor para reluzir toda saudade de alguém que eu não conhecia. Seus olhos grandes, robustos, me engoliam de maneira inexata. Eu não sabia se ela estava com medo, se ela estava nervosa, se ela estava alegre. Apenas me lembro de que ambos não sabíamos o que fazer. Achei Pietra um pouco séria. Tinha um ar responsável, maduro. Seus anéis, seu colar, sua roupa, seus sapatos, a altura de seu corpo para o volante, aquilo tudo me acarretou num porto seguro inesperado. Eu podia me deitar no banco e dizer "dirija para onde for, eu sei vamos ser felizes, eu sei que é você." Inominável é a separação entre poesia e eternidade.

Talvez eu tenha dito "olá" com um alongamento no "a", assim que entrei no carro, mas isso agora é incerto. Talvez também ela tenha dito "você está de óculos", num tom humorístico e, quem sabe, compreensível, mas isso também é tão pouco incerto.

Numa ponte de diálogos ao qual não me recordo, lembro dela me dizer "você está suando", um pouco indignada, mas nem um pouco surpresa, mencionando o suor apenas para falar qualquer coisa. (Mal sabia ela que repetiria tantas vezes essa frase).

Saímos então do sedan. Nos sentamos na caçada do lado esquerdo do carro. Ela sentou-se com os braços apoiados no joelho; o que, caso ela sustentasse um rosto pesado, eu interpretaria como defesa, porém ela me mostrava que estava aberta, interessada. Meus óculos comunicavam o quanto eu era atrapalhado, completamente confuso com a comunicação entre o que pensava e o que conseguia dizer. Pietra falava e eu guardava as palavras como se as trançasse com um caule maciço e alaranjado, querendo entender de onde vinha cada entonação de sua voz. Eu queria explicar a ela, a arca suspensa, a que eu via tomar nossos corpos como perguntas vindas de cima, uma daquelas possibilidades de revisar os contextos do âmago da vida. Entendia que o mundo era uma grande poesia onde a cada dia podia se mudar o final, e eu me murchava num silêncio redondo, repetindo o que ela acabava de dizer; Pietra adorava. Eu estava apenas tímido. Ela insistiu algumas vezes para que eu tirasse o óculos, e hesitei com algumas explicações próximas das minhas desventuras metafísicas. Até que eu me senti ambientado, então os tirei.

Ela quis me beijar e lembro-me de falar algo que deu a entender que eu não quisesse, mas sim, claramente eu queria, e nos beijamos. (Ao longo da relação, quando lembrávamos deste dia, Pietra me atentava; "você não queria me beijar", mas não era nada disso.)

Elogiei sua roupa, ela retrucou que estava "normal, depois do trabalho-faculdade". Mencionei que sua pupila estava enorme, e estava. Seu pomo de Adão, essa pequena poça depois do pescoço e antes do peitoral, manipulava minhas manobras oculares. Suas clavículas eram tão acentuadas quanto na fotografia que havia salvado dela, por conta e risco. Isso me impulsionava a ver uma espiral como a descida ou a subida de uma serra, vendo o pôr do sol ou somente o breu de uma travessia quente.

Um pouco desse meu lado "vagabundo"; tamanhos de roupas, falta de apreço monetário, essas coisas do zelo comum do homem ligado ao desligamento visceral, ficaram agravantes naquela resiliência avassaladora. Pietra era imponente; um ciclo a mais que meus anos, palavras práticas, nenhuma manobra mental subjetiva a se dizer, como bajulações e insegurança. Eu estava fora do meu habitual, fora da loucura-artística. Pietra era centrada, eu nunca tinha me retificado a que posição meus aspectos se repetiam. (Isso tudo, com decorrer da relação, ficou devidamente pontificado por ela mesma como essencial para termos nos apaixonado).

Depois de uma porção daquilo, eu estava repelindo minhas dosagens de autocontrole pela entrega absoluta de Pietra. Não remeto agora, se perguntamos se nos veríamos de novo, mas talvez por já sabermos que iríamos.

Contudo, estávamos cantantes, uma sintonia belíssima. Não me lembro como estava o céu ou qualquer outra coisa. Lembro-me de ir embora sem saber como dirigir. Naquela volta para casa, eu e meu carro éramos o absurdo. E por ela, ficaríamos mais um pouco, eu me lembro.

11

— Devíamos ter vindo ver o poente — mencionou Isabel, voltando a si.

"Não, não devíamos", pensou Castiel.

Em seguida, completou:

— Sim, devíamos.

— Vamos até o outro lado? — ela sugeriu.

— Se os cigarros deixarem — respondeu, virando-se para ela e, pela primeira vez, reparou em sua clavícula aparente. Uma imponência desanimadora.

A integridade do momento não havia mudado, mas caminhar a ter sua mão esquerda a dele, era; isso acabará. Portanto, perfeito.

O viaduto noutro tempo guardara sua fixação. Repetia encontros inumerados para que pudesse desenvolver alusões entretecidas em sua escrita. Não tinha uma bela visão, não era um bom local. Não havia nada de agradável nem de extraordinário para alguém ver dali qualquer necessidade de revisitar. Mas os poemas revisitavam, e Isabel poderia inventar a tudo; se viessem pichadores, iria pichar; se visse um moribundo lendo um livro, iria clicar uma foto. Inclusive, pediria para ler um capítulo e declararia, em voz alta, que o tal livro era tão melhor quanto o de Castiel. Ela não suportava medos.

Ao lado direito do viaduto ficava um prédio vermelho com o último andar coberto de vidros. Um jardim externo a esbanjar plantas e trepadeiras. O prédio era a cara da literatura. Talvez em um dos vários encontros, ele tivesse mencionado como parte de um sonho; morar naquele prédio, exatamente naquele andar. Mas o prédio ficava mais belo àquela distância do não ter, de ser pobre e de estar num encontro.

E estar onde não se deve, revela uma curiosidade indecisa aos passantes de rodas, duas rodas ou quatro rodas. Os viam ali, em plena madrugada, aparentemente afortunados de alguma mínima maneira para estarem livres de morar na rua, apenas ali, andando a figurar a madrugada, galgando entre conversas que, com certeza, a eles seriam ladainha, ladainha que desagrega, pela boina, pelo horário; poeta, poeta fracassado vindo chantagear a charmosa moça, plagiando o que irá ser costurado pela gráfica (se é que gostaria de ter realmente livros, pois acho que isso não é coisa de se escolher).

Isabel não tinha problema em andar. Dizia que, se a deixasse andar o quanto quisesse, iria até sua casa sem esforço algum, despercebida, e ainda voltaria para o viaduto ao encontro dele junto ao carro.

Castiel costumava, de súbito, andar para trás, não só de Isabel, de todos. A *lentitude* lhe resguardava uma sabedoria apaixonada pelo Criador. Como se o detivesse a qualquer instante, um sublime revelar, de como deixar claro; um escritor a ter, em mãos, as milhares de ferramentas aos que não escrevem. Sensoriais. E que Isabel por continuar apenas andando dificilmente com o olhar para trás, aumentava o peso da pochete.

– Num outro dia, presenciei um assalto exatamente aqui – comentou ela, tentando refletir.

– Isso não retira esse viaduto da minha lista. Prefiro ver um assalto do que um caminhão de mudanças levando a alma de Breton para o enterro – ele retrucou sem querer entrar no assunto.

– Eu também não; soa realista demais para Breton – continuavam andando e o calor aumentava, não pelas mentiras.

– Se aquilo for um bar, eu preciso ir ao banheiro – comentou Castiel, avistando uma forma de luz.

– Aquilo é um ponto de ônibus, meu bem – disse Isabel.

– Impossível.

Era um ponto de ônibus e, logo depois, uma escada bem inclinada, ligando o viaduto a provavelmente o último acesso para as *ruazelas* do magnífico arredor.

O outro lado era aquilo; outro nada demais, como todo o resto. Para inventar qualquer coisa, sugeriu que subissem a escada e, ao subirem os degraus, havia um convento amarelo, horrivelmente amarelo e aberto, mas sem nenhum funcionamento aparente.

Urinar era um fato. Assim decidiu ir até os fundos do convento onde uma pequena ladeira dava acesso ao provável refeitório do lugar. Isabel esperava encostada num parapeito e, com o livro a sua frente, resolveu ler outro capítulo. Descendo a pequena ladeira, Castiel percebeu que o portão não tinha vãos, que era coberto inteiramente pelo metal gelado. O que lhe agradou, pois, se alguém viesse de dentro, teria como ir embora depressa; mas, em outro caso, se um cachorro aparecesse exatamente onde tinha alocado o seu amigo, ele seria arrancado.

Lentitude: estado de lentidão.
Ruazelas: ruas magricelas.

12

    Por que enxerga em mim esse desafinar dentro dos seus dedos tatuados a dedilhar as cordas deste violão uma seguida das outras? Esse tom de madeira claro que tranquiliza seu quarto enquanto sonhamos o nascer do dia com a próxima hora, com próximo ensejo. Pois como abre tantas retóricas a nos jogar; "de roupa, ou não? Na parede, por favor", "nus, sempiternos? Na cama, quase bom". E como é difícil para você aceitar que, conosco, eu não irei manipular minhas emoções, nem forjar nossas coincidências, pois se, às vezes, eu só querer fechar os olhos para assim dizer com mais propriedade o que a relutância de sentimentos dentro deste cardume que evapora por minhas têmporas, assim que você coloca; dois ou três copos de vinho branco já um pouco oxidado, e então começa a lembrar de algum clássico-inflexo que vem à tua cabeça, tatuando ser "minha cara", e então canta, canta para todos, canta até chegar nos outros; atletas, velhos, no meio de suas caminhadas perto de nós, canta com esse plástico a parecer vidro, cheio, e que agora quase vazio, abre os braços e as pernas, colocando sua voz para dar mais eloquência às arvores. E você gosta de árvores. Disse que gosta muito, desde criança. Não me obrigue se eu não puder te dar o sentido todo desta referência graciosa de Young a qual resgatei para lidar com você. Deveria saber, ansiosa como é (como sou), como nosso gosto por pizzas de legumes, para que fui te dar essa "brechinha"? Assim que você chama, não é? A escolha de sair por aí com a garrafa toda, a garrafa toda seria uma "brechinha" para nos conhecerem. E talvez eu pudesse, sim, te dizer, porque eu vi suas mãos tremerem apoiando os óculos na janela para um pouco do nosso quase-pornô-televisionado aos vizinhos. Você anda em pânico, desconfortável, guarda peidos surdos, ronca para dentro, esquece de dar descarga e, graças a Deus, que é assim; você vive. Eu não aguentava mais; comer sem fazer barulho, passear sem peidar alto, dormir do teu lado sem babar no travesseiro. Esse congelamento que agarra em nosso espírito com a desnecessária prospecção de achar que a pessoa é uma pérola vinte e quatro horas por poemas.

Sei também que nas noites depois do álcool, em que você disser que não está bem, eu vou te deixar em casa e, depois embarcar com a ajuda de outras duas taças (da minha dourada bebida) numa escavadeira automática e competente, abrindo cerdas grossas e compridas, uma auréola decrescente a partir do seu último olhar quando se fechou sua porta e eu a anatematizar aquele elevador. "Você está bem?", "Não, mas você não pode fazer nada". E como é, para mim, saber que não posso mesmo. Não pelos sete anos que nos separam, mas porque, se eu pudesse, tudo estaria errado. Te quero sofrendo, assim como te quero comemorando por ter parado de sofrer.

A balança. Mas te ver cabisbaixa me mostra que eu ainda posso adentrar este lado donairoso de que os artistas também morrem sem motivo, ainda com plateia e ainda vendendo drama. Posso parecer o diabo, tomando esse longo trago irlandês, falando desses nossos lados covardes com orgulho de saber que a verdade não é uma besteira. E depois de citar a verdade, fico então contente de que meu mérito por mais que eu agradeça a Deus, seja mesmo meu mérito, teu mérito, mérito-febril. Essa coisa de não assassinar demônios e continuar clamando por anjos. Afinal, eu não sei o que te deu em revelar a um escritor, alto e diretamente, a seguinte confissão; "Masturbo-me lendo livros, não importa quais, científicos, romances, de poesia, gosto de prolongar o gozo", sem esperar que meus ouvidos virassem dois escorpiões. Um livro a prolongar o gozo. Belíssimo. E se eu parasse o livro aqui, talvez alguém já teria chegado. Porque eu não sei se é essa minha falta de ânimo em ter de dançar tarantela com seu pai depois de ele próprio se tornar Dionísio, e tentar abolir minhas mensagens provocadoras de que ele trai sua mãe, e sua mãe notoriamente enxergar em mim um homem que, aos vinte anos, também gostaria de tê-la, fazendo-a sentir parcialmente ciúmes de você, de nós, e talvez apenas de mim, e acabar ficando sem graça, quando está a se preparar para nos encontrar no domingo por não saber a quem prevalecer atenção, ou a que lado da mesa se sentar, já que seu pai estará estirado sob uma Sicília imaginária.

Seu *TCC* foi em jazz; minha vida, há dois anos, é apenas vida. Você quer estar em desfiles com óculos de sol, sujeita aos desfavores dos fotógrafos, abaixando um chapéu descolorado a pedir uma garrafa de água para o garçom halterofilista. Você diz que adora São Paulo pelas pessoas, eu abro o tablado com causas e ações para defender essa cidade. Você diz que o melhor da vida está nos outros, eu escuto você confessar me amar e não respondo nada para tentar te constranger.

Você diz que correr dez quilômetros é pouco, que suas provas são de quarenta para cima, eu fumo de quarenta a cinquenta cigarros por semana e cruzo interminavelmente a Ipiranga com Avenida São João num mesmo sábado. A cafeína se diz relutante ao seu sono; passa-nos um café de tarde e você dorme nos primeiros doze minutos de um filme. "Eu sinto gosto de amêndoas." Sua degustação malvina a quebrar qualquer febre-do-meu-exagero. Mas é bom; ver a vontade ultrapassar poesia e a poesia voltar a me pedir corpo. *Pulp Fiction* e a pizza de palmito, você voltou a me refazer; "eu também sinto gosto de anis, na verdade, isso me lembra a uma bebida que nos dão na Itália para limpar o paladar depois das refeições". E maldita seja a bota! Maldita seja a construção desse mundo, para que isso tudo chegue ao oposto das entranhas e veias do meu cérebro! Maldita seja esta casa, a me dar o poder de readmitir que você vem me induzindo a amar de novo! Malditos sejam seus dentes, maldito seja este livro, maldito seja o teu pai e a sua mãe, maldito sejamos nós dois, malditos sejam todos que não querem ser malditos!

A verei em-orgasmo lendo este parágrafo? Verei sua mãe em-orgasmo com este parágrafo? Nas vielas de Roma, lembrando ao papa que se fosse mesmo de Deus, propagaria, aos homens, que a fé é uma mulher bailarina? Porque sim, te ver fechando a porta pode parecer tranquilo em meio a tantas palavras, mas eu comigo, e este teto-desabado faz do sentido apenas esse; você fechando a porta de casa, e eu, como já disse, voltando para o elevador. Seu pai ainda entenderá isso. E sua mãe aceitará a idade que tem.

13

Assim que voltou ao parapeito, Isabel estava ilegível. Não havia luz alguma, e seu corpo era inteiramente como uma sombra. Uma sombra que se fazia unicamente por haver uma voz. Um fantasma a tragar o cigarro. A sombra soltando fumaça. Isso o fez lembrar da passagem de um livro nunca publicado;

"*A pessoa, o ingresso da sombra... a quase sombra a lembrar outra pessoa... a sombra a não ser a mesma pessoa... a pessoa a imitar a sombra... a sombra controlada por sequer pessoa... a cada quantas sombras já não posso ser pessoa? Para a mesma pessoa que comecei sendo sombra... para quantas pessoas uma meia sombra pode ser inteira? Por onde começo o caminho da sombra e acabo em sua pessoa? Por onde as pessoas pensam ser o final da sombra, e acabam se encontrando com outras pessoas? Onde não há sombra e, mesmo assim, pessoas? Onde há pessoas, mas não há sombras? Os vícios das sombras nos ombros das pessoas que não cuidam de suas sombras... a sombra deixando o caminho de ser da pessoa, a pessoa encontrando a sombra sem o caminho claro, o claro indício da batalha entre sombra e pessoa, a direção do faltar entre duas pessoas que querem ter sombras, a ciência a pagar pelo espetáculo da sombra, a sombra não tendo resultados nas pessoas, a poesia preparando a sombra para a ciência convencer as pessoas, a ciência anotando como acabar com as pessoas, as pessoas a querer a ciência sem a sombra, e a poesia sendo o seio onde ninguém quer se deitar.*"

Ofegante, a subida fez vê-la daquela forma. Como se o fascínio ao mistério servisse de homeopatia. Encostou-se, ademais, à sombra que não parava de soltar fumaça pelo nariz. Estava recomposto.

– Você realmente lembra de tudo – disse Isabel, entregando-lhe as páginas sem olhar para ele.

Era o único talento do vazio.

– Agora estou com sede – afirmou Castiel.

Deixando rolar a garrafa de vinho pela mesma ladeira em que ele acabara de subir, fez-lhe entender que agora era tarde.

– Não lavou as mãos – ela comentou.

– Se você encontrar uma pia neste viaduto, me avise – ele retrucou.

A neta de italianos estava tonta. Sorria sem parar à frente, inquietando os punhos na grade. Castiel relaxava imerso no horizonte, onde a noite besuntava-se num edredom platinado, deixando-a mais bela que as outras noites de agosto.

– Estive lendo um livro como base para um ensaio que pretendo escrever sobre moda e lugares, e, ao longo do texto, descobri algumas semelhanças do autor com você, e por isso parei de lê-lo. Posso lhe dar um outro dia.

Observando-a falar, acendia outro cigarro.

– E por que diz isso? – perguntou, sucinto.

– "*A Volúpia Imoral*" é o nome do livro, de Erick Balder. O "porque" se inicia pelo título.

– E além disso?

– Há um trecho em que ele diz: *"Fugir de casa não é apenas abandonar o corpo do outro, mas é o ato em si de abandonar o próprio corpo. A transgressão das próprias suposições é essencial."*

"Clichê", ele pensou.

– A casa a ser uma nova pessoa, ou encontrar uma nova casa que faça o "eu" como novo?

– Você pode se apaixonar pelo inquilino de sua antiga casa... – dramatizou Isabel.

– Confesso um grande preconceito com a filosofia moderna – ele disse.

– Ele também narra um dialeto sobre lei, e termina dizendo: "a desobediência pode ser a melhor forma de cumpri-la".

– Continuo com meu preconceito.

– Pelas referências serem líquidas?

– Por termos exatamente como "líquidos" entrarem em discussão. Sinto os "filósofos" andando em círculos intermináveis. Qual o nível de adoração pela filosofia que temos hoje? Mesmo a nós, que ainda enxergamos o obséquio enquanto as forquilhas arranharam o óbvio, esses pupilos continuam ditando andaimes em retrocesso, tornando uma riqueza em plano didático.

— Você tem razão. Mas para comunicar precisamos retroceder ao raso, além do que os filósofos carregam a mesma misantropia dos escritores — comentou Isabel.

— A misantropia a ser a verdadeira ontologia, e a ontologia a ser o verdadeiro "best-seller" inútil.

— Se ao menos chegassem a ser best-sellers. Digo, se ao menos chegassem a ser livros. Hoje são canais que falam sobre assuntos polêmicos.

— Mesmo a pobre polêmica a se tornar crua, é o fim, minha madame — disse Castiel.

— Vê? A similaridade entre você e Balder de fato começa pelo título.

— Eu não compreendo muito bem o que esses tipos de autores querem, quando conseguem a atenção de leitores como você.

— Leitores como eu?

— Esse contágio pelo contrário eu quis dizer.

— Bem... Acredito que irritar gênios incompreendidos como você.

— Eu não sei.

— E se eu não tivesse nem mesmo vindo, senhor? — ela perguntou, apalpando seus bolsos em busca do mesmo maço.

— "Isso de falar como soco, é uma merda." — disse ele, atribuindo a falha

— Tudo agora gira em torno deste livro, não é?

A adrenalina nunca havia existido e Castiel não precisava responder.

— Quem acredita muito que vai morrer, uma hora morre — completou Isabel, deitando-se em seu ombro como dizendo: "não ouse morrer."

— Enfim.

14

A relação polêmica dos papéis, pois encalham perguntas, perguntas de todas aquelas a que todos sabemos; o homem sádico por não ser sucedido, o homem gênio por não ter amado, o homem ávido por brincar com os signos. A relação com a literatura tem me atordoado. De tal maneira que os degraus em que me sentam (não me sento em degraus), ao lado de Isabel, disposta a dilacerar parte por parte, a avançar de uma vez duas casas, mesmo tendo um vício de adivinhar as terceiras. Relação que me faz desistir das promessas as quais me pedem; "*Se cuide, ok?*", "*Vou me cuidar*". Me ler deve ser ter de ler outra coisa, para tornar tragável o meu livro. "Mas se gosta da bagunça, por que agora reclama dela?". "Mas você que criou a bagunça, como não consegue se achar dentro dela?" É como querer enxergar, pelas pupilas dos gatos, os espíritos. Seria ótimo poder dizer: "Você é a quinta mulher que encontro depois de Pietra". "Mas uma a cada dia?", e minha resposta seria algo como: "E-s-c-r-e-v-e-r, conhece?". Porém ainda assim, para mulheres que nunca morreram em poemas, é tolerável. Mulheres que me deixam, assim que as queiro deixar; com aquele ar de que tudo deu certo, e eu sorrindo por estar cansado. Mulheres que me entregam livros, cujos personagens levam seus nomes, e depois saem saltitantes imaginando que iremos viver a mesma situação narrada (do livro que não lerei) daqui duas ou três semanas. Mulheres que pensam estar em meu futuro por eu ter beijado a testa delas. Todas as mulheres que me aconteceram depois de Pietra, num raio de um ano, foram apenas mulheres a me lembrar de que não eram Pietra.

A ideia de que Pietra teria ultrapassado o que se é mulher. Essa contração edênica, infalível. O fazer dos "nós" de outros, assim como posso falar o que farei dos próximos "nós" a eles. O empenho vigoroso em afiar até abrir os verbos de "A", a terminar com os verbos de "E". Não como a envergadura impávida de troca; um bom cigarro por uma bala de menta, entre as mulheres que apenas desejo reformas de capítulos, mas, sim, evitando a terceira maneira de usar o "I". (Usando o terceiro e sem chegar ao mar aberto de "Os"). "A" deve ser a vogal preferida de um escritor. Pois como o agente, "livro" age. Veja; matar. "A" comum de dizer; "Ah, acabou" ou "Ah, olha quem chegou". Eu sei para onde ia, mas não sei como fazia. Ou; eu não sei para onde ia, só sei que fazia. Trechos assim quebram um ovo milagrosamente fervido pelo exato tempo a levar as palavras a se petrificarem (não perpetuarem), e depois se espalharem ainda mole no meio de minhas pernas; a mulher, o poema e meu amigo. O trote como pequenos cavalos, cavalos cavilosos, e usar "cavilosos" por se ater ao sensorial da etimologia, mas também por respeitar a assimilação cerebral que um som tem com outro. E se for assim, de barraca em barraca, como quando disse e esqueci de dizer, antes de dobrar a esquina anterior ao viaduto: "A literatura é uma barraca de acampamento." Infelizmente me esqueci de dizer a ela, mas aqui está petrificado. Os filósofos sonham ser escritores.

15

– As roupas têm sua significância literal – mencionou Isabel, levantando-se de seu ombro.

– Quem ama tira a roupa, é o ditado – sugeriu ele.

Reprovando-o, continuou;

– Karl Marx só conseguia entrar no museu britânico e ser aceito, por conta do seu casaco. E, supostamente, ele escreveu uma de suas obras olhando para uma mesma escultura; o que nos faz pensar que tipo de trajes tinha a escultura. Nossas roupas chegam antes de nós; principalmente em São Paulo, onde todos andamos com os rostos para baixo.

"Karl Marx não fazia amor."

– Trajar-me mal, para me verem mal e, então, escrever bem – disse.

– Naquela época, quem apontava isso era o dinheiro; vestir-se bem ou mal. Karl escolhia o mesmo casaco, penso que por superstição.

– O mesmo lugar, o mesmo casaco, a mesma escultura… isso é o que eu chamaria de meditação-privada-de-texto.

– Privada de texto – parafraseou Isabel.

Os dois deram risada.

– A escultura que ele visava com certeza não era nua. Naquela época, o perfume era a inteligência – afirmou ele.

– Ou a fome.

– Certamente. Mas entendo isso, de "roupas chegarem antes dos corpos". Certa vez, visitando Graceland, a antiga mansão de Elvis Presley, havia um anexo, por de trás do jardim da casa, onde ficava uma exposição dos figurinos que ele usou durante sua carreira. E mesmo sendo obviamente manequins-inanimados, os trajes impunham essa sensação de que, acima daqueles pescoços, sob materiais não reconhecidos ao meu interesse, o próprio rosto e alma do cantor estariam nos fisgando.

— Eu nunca me trajei para desenhar ou cantar — comentou Isabel ainda pensativa, olhando para frente sem perceber agosto.

— Devia tentar, é interessante.

— Este nosso casaco igual, o que ele te diz? — perguntou ela.

— Apenas seu nome, não costumo escrever com ele.

— Vê? Karl Marx era mais gênio que o senhor — afirmou Isabel, esticando a coluna com as mãos apoiadas na lombar.

— Mas Elvis, não — retrucou

— A voz, sim, mas por não ter saído dos Estados Unidos...

— Tempos diferentes.

— Sempre será. Numa comparação, sempre será.

Continuava se espreguiçando.

— Então você aceita que Balder não se pareça comigo? — perguntou Castiel, induzindo-os a iniciar o trajeto de volta.

— Não.

Do camarote vintage, viam os faróis dos carros ganharem uma amplitude laminável, uma fina garoa.

O caminho era realmente coisa do futuro.

— Balder não é o primeiro a querer coisas como Nietzsche, ou a premeditar apoteoticamente o prazer de ser obscuro. E olha que estou engrandecendo erroneamente o seu autor, digo, isso de Rimbaud e até mesmo Freud estilhaçar a predominância catolicista.

— Por que diz isso? — indagou Isabel.

— A senhora já leu Zaratustra? — perguntou.

— Algumas páginas — afirmou ela.

— Mesmo que não tenha lido, fica simples de explicar. O que eu quero dizer é que, se você ler *Dhammapada*, um dos livros que supostamente foi escrito por discípulos diretos a Buda, e depois ler Zaratustra, verá que Nietzsche foi uma espécie de pedante-impiedoso, nesta que é apontada uma de suas maiores obras, apoiando-se na passagem espiritual dos budistas e criando, com a sua inteligência irrefutável, um personagem Europeu e enebriado de intenções vanguardistas para o seu tempo.

— Uma obra vem de outra — concluiu Isabel.

— Certamente.

— E a sua, vem de qual? – perguntou.

— Vamos, não temos mais nada para fazermos aqui.

Anunciou ao observar dois capangas do convento amarelo os filmando, ligeiramente desconfiados de que fossem algum perigo ao redor. Acenava a eles enquanto conduzia indiretamente Isabel, que tropeçava nas próprias pernas pelo bom vinho.

— Pois bem, eu não preciso disso... – emendou o assunto enquanto caminhavam até as escadas.

— Vá na frente, não quero cinzas de seu cigarro em minha roupa – ela disse, parada.

— Certo.

Ela se lembrava.

— Mas, enfim, estamos em 2020, desembuche – disse, situando-se.

— Este é meu primeiro romance, como você mesmo disse. Arrisquei-me em um pouco de tudo, mas certamente acompanhar o Cony durante alguns capítulos da obra foi engrandecedor. Porém veja, a essa altura eu posso estar mentindo sobre muitas coisas.

— Sei que não está mentindo agora, mas quem é Cony? – saltou a interrogação, com os olhos deitados sob sua língua. Isabel percebia seu completo desinteresse em não se edificar em personagens.

— Carlos Heitor Cony, jornalista, carioca, escritor. Não foi imenso pelo azar ou pela mania do nosso desamado país, mas devia ter sido. Os anos 70 e 90 foram duas décadas em que foi enaltecido um pouco mais. Possui uma narrativa bela e peculiar, na qual aborda sugestivamente o incesto, a traição, os desencontros. Sabia sobre o que se passava o louvor, talvez seja meu romancista brasileiro favorito.

— Lindo te ver falando assim de outro escritor – disse ela, no começo das escadas.

— Confesso que, de início, fui por uma de suas capas. Olha o que um autor está dizendo, a roupa do livro chegando antes da alma. Mas estar a escrever nesta quantidade, não nos permite uma vasta compreensão de várias leituras durante o meio. Apesar disso, sim, Cony é um escritor que eu respeito.

— Sua casa é realmente trágica – disse Isabel.

Arregalando os olhos em direção ao fundo das árvores que cobria as escadas, a moça sem batom deu um leve escorregão perto do fim dos degraus e, ao segurá-la, consentiu;

– Ela é.

16

Isso de ser trágico, vendo o pomar de tomates verdes apodrecerem pelo rosto, e ter de ficar inabalável no amor, devido aos seus inamáveis pensamentos. Não pensar, enfrentá-los. Estes lugares que, às vezes, são mais que sensações, e sensações que não remontam lugares. Isso de ser trágico, por beber um pouco de céu, meia lua e bom poema, e mesmo assim encontrar baderna ao se encolher nas arquibancadas dos jogos finalistas entre suas decisões. De um lado, a mesma vida; do outro, um pouco mais. O quão melhor centralizado um crânio tem de ficar do outro para que as premonições-kardecistas pulem na hora certa das entidades? Voltar rapidamente a visão para ler o começo do parágrafo, e ver a televisão destituir-se no movimento "*inacertado*". (Mas, por que não incorreto?) Exatamente por não ter ocorrido. Trágico por ver tragédia onde restam fluídos. Do fóssil de vespas, do fóssil de escravos. Essa letra que se repete como a marca de vacina no braço esquerdo de todos os centrais, o trágico convívio de querer ter paz e, no fim, apenas passar como nada. Preferir que a sujeira do espelho fosse na roupa, para, desse modo, não acabar no mesmo estilo de *alvidez*. (Karl Marx a se parecer com Elvis Presley, o texto indica isso).

Mijar repetindo "escrever umas coisinhas", como se mesmo o mijo precisasse ouvir o quanto a escrita está intolerante. Não bastou a vida dentro da uretra, o desgraçado ainda precisa assoprar, no ouvido da urina em plena queda livre, que mais palavrinhas irão ser escritas. O que na parte fundamental não serve rigorosamente para si. A lei de vanglória a encontrar–se. O estupefato a não ser disponível e, com isso, a insistência lhe apadrinhar. No fundo dos desejos, cada ordem começa do final. A capacidade é um DNA promíscuo dos *inadimirados*.

Largar alguém na indelicadeza de pânico, provendo como eu-lírico masculino, o amor cortês. A ruína *intelecta* dos blocos-não-visíveis e redobráveis. Ficar ainda num ponto alto, admirando a qual referência a monarquia nos deduz. Um escritor não precisa considerar seus inimigos, todos eles descansam os ouvidos em como seriam suas palavras.

Uma das senhas para o insensato amuleto de conviver e não se abalar é a palavra. Bem colocada e apenas querendo ser palavra.

Isso é conflito. (A febre tem velocidade média, tinha de ter). Quantas fases inumanas um mesmo humano aguenta num único dia? Passar as mãos lentamente pelas cortinas ou pelos tapetes também se merece reescrever. Demandar a mesma frequência de palavras com as dos passos. (Claramente mais, mas queremos nos libertar aos poucos). São das inutilidades que se veem o que mais fica; sinto, portanto; faço, e depois percebo que o prolongamento do 'querer ser' é apenas o que me carece a amar. O amor numa dose longa é a permanência das febres curtas. A estratégia que se convém abrange uma questão psicológica. Se for carrasco, dê a ideia de ser como um pesadelo; engrosse a voz, acolha pouco. Os ignorantes gostam mais disso, da pouca afinidade. Enfatizar a pouca merda que alcançaram. Se for mais para poeta, pode provocá-lo, que ele entenderá. O poema precisa ter a certeza de que as coisas não são para se entender.

Altivos-passos-da-literatura. As trocas de invenções, o talento de acumular ou a linha tênue entre conhecer pessoas e perder leitores. (Eu adoro conhecer pessoas e perder leitores). (Eu adoro ganhar leitores). Não se é respectivo de nada, mas não são em todas as horas que as palavras-erguem-as-mangas. Dos tapetes para as bundas, das bundas para as palavras, das palavras para pia, da pia para o tapete, do tapete para os gatos, do gato para própria bunda, da própria bunda para água quente, da água quente para cama, na cama mais palavras, de mais palavras para o sono, do sono para nova prova de que a vida é uma liturgia. Ascensão gastada, renovação prenha, remenda-dor-turva.

Inacertado: não assertivo.
Alvidez: alvitre altivo.
Inadmirados: não admirados.
Intelecta: rede intelectual minoritária.

17

Entraram de volta no viaduto. Caminhavam do lado contrário ao corredor, entre o asfalto e mureta. Castiel alguns centímetros para trás, mas não para o corpo desistir da casa.

– Você já se masturbou enquanto escrevia? – perguntou Isabel, alegre.

– Eu não sou um polvo, mas depois de escrever, sim.

– Você não vale nada.

– O leitor também.

Apoiada as duas mãos para trás, os dois distanciavam os ritmos das passadas ainda um pouco.

– Com todas essas conotações quase abobalhadas, você me lembra o *Jep* – disse Isabel.

– *Gambardella*?

– Fato.

– Lembro-o como pentelho ou astronauta?

– Como parcialmente destinado à sensibilidade – afirmou ela.

– "Parcialmente destinado à sensibilidade." Interessante. Talvez porque você lia meu romance ao lado de um convento, me esperando a urinar no fundo de um corredor debaixo de uma chuva fina – disse Castiel.

– A grande beleza das noites sem repertório – retrucou ela.

– Nos falta muito, ou melhor, me falta muito…

– Só por eu ser italiana? – perguntou ela, querendo forçar o seu oposto.

– Na verdade, por você conseguir desaparecer com fatos e, mesmo assim, gesticular com fundamentos criativos.

– A síntese do Oscar estrangeiro de 2014 tem mais a ver com as cores do que propriamente determina a linguagem a executar os sumiços dos plácidos-blocos, os quais também aparentemente voltam, mas nunca inteiros.

– Flamingos brancos, freiras–prostitutas, crianças aspirantes a Picasso em meio a bacanais romanos... Como poderia um livro inaugurar uma discordância artística tão grande como aquela bala de canhão disparada perto dos turistas? – perguntou Castiel, abrindo os braços.

A chuva apertava.

– Eu não sei, você não me deixa ler a primeira parte – Isabel respondeu.

– Isto é a grande beleza das curiosidades-não-saciadas, melhor que meu livro todo.

– E se eu fosse uma anã? Hein? Escreveria para mim?

Unia-se a ele, topando em suas pernas.

– Se você fosse uma anã, não, mas se tivesse uma editora, eu lhe namoraria até que meu livro fosse publicado. Esperaria a vida esmagar outra chance de romance e, então, voltaria lhe pedindo em casamento. Prosaria amargamente algumas colunas sobre a anistia-política-periférica de São Paulo, e te trairia pelos vãos de outras cidades.

"*Ser mãe é a mesma coisa de ser anã*", pensava Isabel.

Empurrando-o sem poupar esforços.

– Sua semelhança com Buarque quando novo é essa; ter sorte, entender demais e querer ser pobre – disse ela.

– Mas nenhum homem se torna um corno em potencial quando estão na minha presença. Além de que meu sonho já é São Paulo.

– Eu já ouvi isso...

Ultrapassavam o ponto do viaduto onde tinham se sentado a primeira vez, quando um ciclista com aparência de chileno, parou em paralelo a eles e, curiosamente, perguntou em espanhol:

– *Mi perro?*

Isabel e Castiel se olharam, indecisos se riam ou lhe respondiam. O ciclista continuava parado, esperando que dissessem alguma coisa.

– *Has visto mi perro? Amarillento, camina con la lengua a fuera* – explicava o chileno.

Castiel voltou a andar, ignorando o desconhecido. Isabel insegura, apertando os botões de seu casaco, respondeu:

– *No*.

O homem zangado fez um estalo com a língua na garganta e voltou vagarosamente a pedalar.

– Você quer que eu te ensine a falar italiano? – perguntou ela, agora saltando pulinhos curtos para alcançá-lo.

Castiel ria, olhando o nada.

– *Su perro? No!* – exclamou, imitando o diálogo mundialista.

Jep Gambardella: Protagonista do filme italiano "A Grande Beleza".

18

Garanto–lhes, mesmo vendo e não vendo, que as melhores soluções são as que já foram tomadas. Refiro-me àquilo que governa as comoções (mulheres a acenar com as pernas), não aquele rocio de luz, onde a peruca agridoce chucha ainda mais ao retomar o macete.

"Tenho tanta paixão por esta vida, que eu já não sei como andá-la". Não sei se o mestre, para sempre seria mestre, sem um discípulo. (Terapeutas não merecem discípulos). (Ninguém elege um mestre por fazer tanta merda). O mínimo de admiração para saltar de polvo em polvo. Um livro é uma transmutação de polvos. Você começa amarelo e acaba com uma cor clipada. *"Só repito isso se for de uma elevada e bela forma"*. (Existem polvos de apenas um tentáculo; é só abrir a escória-coletânea-virtual-de-quase-poemas para ver.) O livro vai surgindo a cada manhã em que os ombros não acordam, a cada vez que alguma *"contra nota"* expira-se. É pessoal e achatado, a lamentação-tácita sobre o que o escritor deixou passar e não escreveu. Culpará centenas de coisas, mas provavelmente apenas optou pelo desimpedimento. Pois garanto-lhes, o melhor desimpedimento a se adotar não estará nos seus deveres-como-filhos. Recusar comida para uma criança: esse é o escritor quando não escreve um dia de seu livro. (Talvez eu seja eleito como o mestre-que-não-sabe-de-nada). Ainda bem. Seria preciso; *"refletir-o-reflito"*, para dizer o quanto isso seria grandioso. Nunca ganhar um discípulo e saber que você continua como o maior polvo. (Deus faz a catapulta do erudito?) Polvo, polvo. Oito.

Ele perdeu o melhor texto da vida dele, pois se recusou a doer. Recusou reconhecer que, com ou sem cara feia, a vida continuará caindo. Recusou imaginar Pietra morrendo, Isabel morrendo, as gatas morrendo. Recusou admitir que verá tudo isso. Ele perdeu o melhor texto da vida dele, pois, logo ele que sempre esteve à procura de todos do mundo, achou doloroso demais dizer a quem não está procurando por nada que isso era o mais sensato. Recusou travar redundâncias sérias a quem amou mais de três vezes, além da literatura. Olhou para Marte, perguntando se o tio-avô, morto há pouco tempo, estava realmente lá. Perguntou se ele o apresentaria à Marte, caso ele deixasse aquele texto para algum próximo escritor sem vergonha. Projetou seu corpo para fora do mundo, pediu perdão ao coletivo, levou dentro de um trenó: amor, adeus e além. Agradeceu o retorno do que almejou; inspiração. Fechou as janelas, fechou os olhos e cogitou: "Quem sabe amanhã, olharei para Marte sorrindo, e direi a meu tio-avô; cuidarei mais um pouco de todos, a vida não pode ficar sozinha."

19

– Na Calixto, pegamos um fardo de cerveja e trocamos o cenário – sugeriu.

Tinham acabado de alcançar a rua escura em que havia deixado o carro. Ao longe, vinham três pessoas, porém não impediram a confissão máxima de Isabel:

– Eu preciso mijar.

Encarou-a, apontando os olhos para os passantes.

– Eu preciso mijar e vai ter de ser aqui, não vou aguentar até chegarmos na Calixto.

Destravou o carro, tentando passar por cima da ideia, mas Isabel abriu a porta do carona e apenas pediu, silenciosamente, que deixasse os faróis apagados.

Enquanto as pessoas passavam do outro lado da calçada, Castiel podia ouvir o esguicho de urina refletindo no asfalto.

– Quer papel? – perguntou.

– Para assoar o nariz? – conotou ela já entrando no carro, enquanto arrumava sua calcinha.

– Cuidado com as taças... apoie-as em seus pés – disse.

– As taças nos pés... seria um belo submarino.

– Você cuida da música – indicou

Aumentando o rádio em sua capacidade máxima e pisar no acelerador fazia mesmo o carro parecer um submarino. Olhavam as árvores e, delas, caiam-lhes detalhes. O vício em ser contemporâneo de Castiel, colidindo com o vício de ser a dama marginal de Isabel. Estavam constantemente atravessando a desgraça, a falta. O desafinamento das provocações e as respostas do mundo. Ela tinha consciência de que carregava um morto e um vivo na mesma alma. E parecia ser perfeito para ela. Castiel não queria saber o porquê, mas parecia um modo de punição.

Talvez também tivesse feito alguém se partir; e saber que não o partiria, a deixava em paz. Isabel tinha a mesma paz de Pietra, que também devia estar leve por saber que a culpa raramente anda com pessoas abjetas.

Passava um batom cor de pimenta nos lábios, sua boca borrava-se, as lombadas iam ficando para trás. A exalação de deixar claro uma amizade se suceder num romance. As indubitáveis-dúvidas se embelezavam mesmo que em longevo. O asfalto era o fundo do oceano. A cidade era a tez do Sol. As desclassificações de imortalidade pela magnetização da corrente de livre-arbítrio. Numa ladeira a duas quadras da praça Benedito Calixto, o semáforo fechado incitava a possibilidade de execução de um maldito costume de Castiel que, ao parar na faixa de pedestre, soltou completamente o freio enquanto olhava Isabel provocando a naturalidade de um acidente. O carro despencava para trás na ladeira e, nesses instantes, era impossível não pensar em amor. Deixava o abuso de sorte virar um riso à deriva do azar.

Engatava o carro somente quando o semáforo abria, e, ao abrir, não engatou, permitiu o automóvel continuar descendo de ré sem controle pela ladeira.

– Eu ainda preciso ler o seu livro – disse Isabel.

– E eu tomar minha cerveja – retrucou.

Além de vaga, encontraram um boteco com um toldo verde grande o suficiente para ficarem longe das outras mesas e, ao invés de um fardo, pediram um litro inteiro de cerveja nacional, perfeitamente gelada.

– Não iremos tomar cerveja na taça – disse Castiel enquanto o garçom os servia.

– Quer que eu as pegue no carro? – perguntou Isabel, tirando os sapatos pelo calcanhar e os colocando debaixo da mesa.

– Está chovendo muito, esqueça, brinde comigo.

Erguia o corpo americano com a cerveja nacional.

– Ao seu livro!, propôs ela.

– A tudo!

Debaixo da chuva, assistiam a agradável cena do mesmo ciclista do viaduto, andando agarrado a coleira de seu cachorro, sem sua bicicleta.

– *Choices* – comentou Isabel, marcando o copo com batom pimenta.

– Ele poderia estar com dois – falou Castiel, admirado.

— Mas não seria seguro.

— Tem razão, meu modernismo *desoculto*, me embaralha as falhas.

— Sua preguiça não deixaria você nem mesmo procurar o cachorro – afirmou.

Recostando na cadeira, relaxar não convinha a qualquer cerveja. A situação destoante, a soma de tempo em que ficaram incomunicáveis, a convicção disléxica de Isabel sendo essa pessoa à margem do irreal que pudesse trazer para ela. As grades de textura ornamentais não mantinham sinergia alguma para fracionar seus pensamentos.

— E Helena, tem medo de raios? – ele perguntou, fechando os olhos, recostado.

— Não sei, mas que pergunta! – exclamou.

Ele soltava gargalhadas frias, cheias de inconveniência. Gostava de ver a reação das pessoas ao perceberem que ele não estava completamente desconfortável. Testava assuntos apenas para não terem o que dizer; e sem disporem da mesma audácia de reprogramar a compostura pela verossimilhança *plágica* do obtuso, ligeiramente cediam às suas manobras.

— Então, tem medo de quê? – insistiu.

— Da mãe.

"*Da anã*", pensou.

Ria ainda mais alto.

— Ela teria medo dessa risada também... Não gargalhe desse jeito, quando precisar não ser você.

— *I'm not seeing you* – devolveu.

— Você, em sua risada, o contagiante, o louco, o velho, um tomando o lugar do outro.

Enquanto falava, Isabel manuseava o segundo maço ainda fechado. Abriria assim que ele respondesse, mesmo vendo alguns cigarros dentro do primeiro.

— Isso é a poesia de cigarros, o louco precisa matar o velho – afirmou.

— Olhando nossos isqueiros, o seu azul e o meu rosa, seria fantástico se trocássemos.

— Trocar os isqueiros?

– Sim.

– Mas por quê?

– Pela vida, meu bem.

Não era exatamente pela vida.

– A vida é um estágio da poesia e ninguém garante se isso dará trabalho. Eu troco o velho pela colecionadora de luas.

– A colecionadora de luas...

– Nossas tristezas nos dão trabalho – ele comentou, voltando a se recostar.

– A sua vida realmente não passa de um garimpo de anotações – reagiu ela, separando e aderindo o abandono do socialismo.

Desoculto: não ocultado.
Plágica: derivado de plágio.

20

Tem horas que é preciso machucar algo que definitivamente vá sentir. Horas em que os sofás repugnantes nos seguram as pernas, permitindo apenas a raiva se levantar. Achar que Pietra me afastará das críticas, achar que Pietra apoiará a digressão e a agressão. Só em Pietra há crítica? O problema do alcoolismo é que ele nos abraça quando a carga de bateria está em 100%. O alcoolismo não vem com uma trilha sonora de Secos e Molhados tocando, sequencialmente, "Delírio de Preto Velho". O alcoolismo não tem aplausos, indiferentemente à literatura. A flecha a amaldiçoar os parágrafos. A cabeça cogitando ser o jardineiro, enquanto os olhos pegam de novo-fogo. *"Este livro está fugindo de mim, sinto-o com medo, não me reconhecem onde o levarei, nem porque começou a existir."* Alcoolismo. O próprio livro tem o poder de o trair, e ele o fará. Assim que estiver publicado. Ganhará formas e pernas (e eu não consigo ser o sofá), conhecerá mãos, olhos e outras interpretações. Conseguirá encontrar um lugar melhor do que sua tesoura até depois de pronto. Como pais e filhos podem voltar arrependidos. Mas há de ser severo. Capaz de empurrá-lo escada abaixo. Os pais merecem respeito, principalmente pais-escritores, os quais criam com os dedos os melhores lugares para seus filhos irem.

Um livro possui uma falsa estadia no cérebro. Eu não sei como será a cada um ter de lidar com os melhores e os piores hábitos de um filho que eu e Pietra nunca tivemos. Numa mera prospecção de longitude, creio que o livro chegará há umas trezentas páginas, e vamos deixar isso registrado; dia 6 de agosto de 2020, o escritor dá o primeiro chute do próprio livro. (Traçando o exato caminho do fracasso, doando-me em tudo). A quantidade de loucura é a facilidade de simpatia. Tanto do livro no próprio miolo. E se fosse apenas a história; Isabel e Pietra, quantas páginas teriam? Mas é o que está em mim. Colina branca creditada como a foto do impossível a todos os praticantes-de-retratos-falados-da-natureza. É o que está em mim; avareza morta, punhados e punhados de um descontrole mineral vindo dos estigmas do que já estava certo antes de as substâncias recorrerem a recomeçar. Depois do último andar, o meu. Andar como estrutura, ou andar como movimento? Andar não colocado no painel dos elevadores, andar não colocado nos sonhos dos calcanhares, andar prescindido como resiliência mortal. Réu, como eu, a seduzir os palanques, solicitando uma notificação atrasada feita de olhos fechados. É o suficiente para o não costume de ultrapassar medidas de engajamentos anuais, o inverso aos limites-dos-não-costumes-amarrado-aos-senhores. *"O que você escreveria para todas as crianças numa carta?"*, *"Me chamem para brincar, sem dizer adeus"*. O amanhã da solidão é uma incógnita para ciência. (Estar aqui também.) *"Mas ele agarra os amigos pela gola, trata os contratempos como inimizades e transcorre qualquer direito de uma pessoa que o quer bem como asco"*. Duas décadas ao lado de pessoas é o suficiente para criar a própria cavalaria de clones, a cumprir a única missão de matar qualquer um que ultrapasse o último quilômetro de afeto ou *"a-ferta"*. Dos segredos mais que segredos, apesar de dolorido, olhe: mesmo a morte não é capaz de provocar a saudade do ódio. *"Se o odeiam tanto, por que o leem?"* Então todos se dispersam, a ninguém ocorrerá a assumir; *"Ele nos provoca um estímulo divino de recalcular para onde vamos"*. E virão atrás de mim, e eu irei para longe deles. E ficaremos, o ódio em delírio pondo as mãos para coçar o poema. Como em outros poemas, citei a agressão que o título sugere para quem o lê; não se acometer a isso, disto ou por aquilo. Colina branca, remota de um acesso; o meu. A inteligência deve ser eternamente o último andar dessa locução "frígida" e inócua, a qual quem se identificar (e eu espero que seja apenas um), herde a colina branca. Mas as chaves do subterrâneo irão no caixão comigo. (E com o que ainda poderei chamar de mim).

    Guardo algumas dúvidas em mencionar o visto e o não-adorado. Um cigarro é como a mulher, faz mais sentido quando não se tem. Bloqueado pelo espinho sideral, porta-do-escuro, porta-que-inalo; iluminação além do que de plantei. Pois maldade é andar com o que a vontade quer e fazer o livro nunca ser. Não de; nunca será, mas, entre muitos amanhãs, não virá a ser. Trocar as portas do guarda-roupa-espelho enquanto se escreve é patrocínio. Não falo em malogro, mas mesmo uma vaidade imprecisa do que realmente não é bonito. *"Um homem está escrevendo"*. E? Me diga qual a diferença de ver uma criança executando sua lição? (A digressão, o decaimento, as sílabas *inacesas* pelo descobrimento do *"deixá-la-partir"*). Pietra.

Inacesas: sinônimo de apagadas.
A-ferta: oferta em aberto.

21

A vida pouco merece a morte. A criança é mais sábia que o homem. Pois a criança assimila o homem quando já homem. O homem assimila a criança como criança, criando a prepotência de que ela não virá a ser homem. Se a criança vem a ser criança, num tempo em que o homem já é homem, fica claro que essa criança, quando se tornar homem, se tornará um homem mais sábio.

Se, para quando o gênio fala e o cretino escuta, a assimilação é loucura, o cretino sempre terá medo de ser gênio. E o gênio sempre rirá da loucura do cretinismo e só. Toda organização é descompassada e não incisiva, mas não é dever do gênio se comunicar como um cretino acerca de suas invenções.

Do mundo dos delírios, vejo um pequeno garoto com febre fechando os olhos e entonando uma risada assustadora. Ele está tão cansado que apenas se deitará e dormirá, aceitando seus sentimentos e os colocando também para dormir. Do mundo dos delírios, vejo o que esse garoto via quando não se entregava ao primeiro alerta de sono. Havia um intenso trabalho nas coisas não trabalhosas, e havia uma imensa inércia onde era preciso persistência. Do mundo dos delírios, vejo o garoto observando os homens e os homens aterrissando a vida no sangue. São os garotos de dentro dos homens voltando a escutar o medo. São os homens de dentro do garoto querendo amar. Abordo uma pequena garantia de que apenas os verdadeiros garotos poderão entender. Ter como nome das águas a liberdade de admirar uma mulher. Mas se o homem se ocupar em apenas ser homem, as ondas o trairão e o garoto emperrará as janelas do submarino, deixando apenas a força do destino se acarretar.

22

Se sentar. Sem partido, sem mulher, sem amigos, e esperar. E quantos malefícios traz àquele lugar ao receber este indivíduo? 'O eu desgastado.' Se sentar, olhar durante treze minutos para frente, e depois desabar. Está mesmo no último-adeus. E só chorar com a cadeira da frente vazia, e só chorar com a cadeira da frente cheia. Ter que se segurar para o papel do papel ser frequente, sem que a lágrima passe a frente e o papel não o consiga embrulhar. E, de repente, lhe tirar do embrulho do papel, para lhe acompanhar em seus processos de se sentar, sem alguém, sem mais alguém, e só chorar. E logo lhe deixar em outro papel decadente, junto a alguma comida que se detesta.

"Você não pode me esperar aqui?". E talvez não consiga encontrar onde esperar. Pessoas ríspidas. Esse rejunte-de-cidra se fechando, aos poucos, por onde entrei. É preciso perguntar se posso ir embora? É preciso mesmo perguntar se pode ir embora? Não é porque o rosto é triste, que não se pode ir embora. Não é preciso ir embora agora.

Os sapatos nas escadas como trovoadas. Depois os pés simplesmente no chão. Como as respostas de Isabel desarmando as armadilhas. E como irá reagir ao me ver de inoportuno, sem eu lhe ver, numa leitura concentrada, longe de mim? O senhor coça as costas a cada vez que eu levanto o pescoço. Uma carro forte dispara o alarme; "o motorista não tem acesso ao cofre central deste veículo, a central de segurança acaba de ser acionada". A mulher que trabalha no setor de limpeza do local sai com os sacos de lixo, e Pietra pode ter passado a pouco na calçada ao lado, mas, antes do alarme gritar, eu não teria me despertado da leitura. E o senhor não teria coçado as costas. A moça coloca o lixo na frente da clínica, e eu a acompanho. Agora o senhor e o livro escutam o alarme do carro. Vejo pontas de cabelos esvaindo-se ao final do muro da clínica. Agora o senhor, além de coçar as costas e a barba, bate o pé como um sambista aficionado, sem instrumento ao seu alcance. A porra do ciclista esqueceu a bicicleta. É claro que eu procuraria o cachorro. É claro que eu interromperia a leitura. É claro que você não iria me esperar. É claro que minha risada está tomada pelo oco.

Escrever um livro não é acionar uma central de segurança.

Pestanejando os modelos-miseravelmente-replicados. Não há necessidade. A vida a ser modelo do que se acha. O real em apuros descoordena a própria realidade. Não há humor em não ser o que não se quer. Apenas o cipó dos espíritos nos quer. A pena do que ainda se desgasta; "trocar isqueiros". E jamais serão pessoas; no máximo, tentativa de pessoas. A plenitude é o fim de todos os caminhos, mesmos os caminhos não se fazendo com a plena poesia. Amar os que amam em partes. Todo alguém se desmoronará em capítulos, mas não é em todo alguém que os capítulos virão a se fechar. A arte em detalhes; e o que se desconfia em arte não durará nem um acender de três segundos. Ao ficar completamente sozinho, tudo será novo. O garoto é o mais solitário, e o homem o mais convencido de que há solidão. E por não conseguirem o que procuram, acharão que o garoto é a última pessoa que irá entendê-los. Porém, toda lei é ao contrário. Quando ignorava o garoto era exatamente quando o garoto agia. Outra coisa é um tanto certa; ambos vivem a tristeza de não ter aquela mulher.

23

Dias de alongamento, dias de travessão, dias de paisagismo.

Talvez sentir raiva de ver os outros felizes, seja a coisa mais sincera a se fazer.

Infelizmente.

Na risada de Castiel havia inveja.

a vida não é a porra de um livro a porra do livro não é a vida um livro não é a porra da vida a porra da vida não é um livro um livro não é a porra da vida a porra do livro não é a vida a vida do livro não é a porra a porra da vida não é um livro um livro não é a porra da vida a porra do livro não é a vida a vida do livro não é a porra a porra da vida não é um livro a porra do livro não é a vida um livro não é a porra da vida a porra da vida não é um livro a vida não é a porra de um livro a porra do livro não é a vida um livro não é a porra da vida a porra da vida não é um livro um livro não é a porra da vida a porra do livro não é a vida a vida do livro não é a porra a porra do livro não é a vida um livro não é a porra da vida a porra da vida não é um livro a porra do livro não é a vida um livro não é a porra da vida a porra da vida não é um livro a vida não é a porra de um livro a porra do livro não é a vida um livro não é a porra da vida a porra da vida não é um livro um livro não é a porra da vida a porra do livro não é a vida a vida do livro não é a porra a porra da vida não é um livro um livro não é a porra da vida um livro não é a porra da vida a porra do livro não é a vida a vida do livro não é a porra a porra da vida não é um livro a porra do livro não é a vida um livro não é a porra da vida a porra da vida não é um livro a vida não é a porra de um livro a porra do livro não é a vida um livro não é a porra da vida a porra da vida não é um livro um livro não é a porra da vida a porra do livro não é a vida a vida do livro não é a porra a porra da vida não é um livro um livro não é a porra da vida a porra do livro não é a vida a vida do livro não é a porra a porra da vida não é um livro a porra do livro não é a vida um livro não é a porra da vida a porra da vida não é um livro a vida não é a porra da vida não é um livro porra a vida não é a porra de um livro um livro não é a vida não é a porra de um livro a porra do livro não é a vida um livro não é a porra da vida a porra da vida não é um livro um livro não é a porra da vida a porra do livro não é a vida a vida do livro não é a porra a porra da vida não é um livro um livro não é a porra da vida a porra do livro não é a vida a vida do livro não é a porra a porra da vida não é um livro a porra do livro não é a vida um livro não é a porra da vida a porra da vida não é um livro a vida não é a porra de um livro a porra do livro não é a vida um livro não é a porra da vida a porra da vida não é um livro um livro não é a porra da vida a porra do livro não é a vida a vida do livro não é a porra a porra do livro não é a vida um livro não é a porra da vida a porra da vida não é um livro a porra do livro não é a vida um livro não é a porra da vida a porra da vida não é um livro

24

– Gesticular então abaixa a temperatura? – retomou Castiel.

– Você é absurdamente chato – ela respondeu.

– Essa colher de chá é apenas por eu não querer me desfazer do meu isqueiro? – perguntou, erguendo a mão ao garçom.

– Não seja misógino, além de chato.

Pedia a segunda cerveja nacional, enquanto notava Isabel puxar mais páginas do livro na ordem em que sua não-lucidez permitia.

– Espere... – ele disse a ajudando.

– Quero ver se teu livro tem medo de raios.

Isabel era a armadilha.

Entregando a continuação das páginas, percebeu que a paternidade, em geral, digeria melhor as causas de literatura. Mas a conotação especulativa fugia de seu senso. "Um filho retrai todas as invejas?", questionava-se interiormente, se ofendendo com suas próprias suposições. Prosseguia:

– Ninguém sabe criar outra pessoa.

– Está assumindo que seu livro tem medo de raios?

– Talvez ele tenha – admitiu com rispidez.

O garçom colocava o segundo litro ao lado esquerdo da mesa, enquanto, ingenuamente, Isabel perdia a chance de mantê-lo recluso.

– Eu não tenho coragem de publicar um livro – ela disse.

Ele detestava saber que são dessas predições que, mais tarde, nascem os grandes escritores.

– Você não gosta do infinito?

– Achei que você diria: "Mas para fazer um filho, você teve", o que o infinito tem a ver?

Castiel jamais falaria sobre filhos de verdade.

— Um livro não precisa acabar, é como a lei natural da vida; o filho perde o pai, não o pai perde o filho.

— Como um livro não precisa acabar? — ela questionou, engolindo o *lupo* gelado.

— Ter um filho, imagino que seja uma sensação infinita; que, mesmo depois da vida, você reze para que não acabe. Logicamente, não se imagina perder um filho ao invés de vir a falecer antes dele.

— Claro.

— Um livro é o mesmo, não tem de acabar. Tem de ser uma tentativa máxima de alcançar o infinito. E o infinito que falo não é o nominal; o infinito é uma velocidade. Por isso, mesmo sabendo que não conseguirá alcançar essa velocidade, deve-se trabalhar para acompanhá-la. Assim chegará ao elementar que não dependente do erudito ou do espiritual. A matéria viva do livro é essa: a subtração lógica do limite, pelo dom atrativo de traduzir o interminável. Trata-se o miolo do livro como um papiro-transcendental, associando-o a uma espécie de energia, como o velho ápeiron ou, mais fantasiosamente dizendo, a criptonita.

— Ninguém irá levar tudo — captava Isabel.

— Pois nada sobre tudo está apenas em uma parte — emendou.

— E nenhuma dessas partes cabe inteira em um de nós — ela concluiu.

— Um escritor não pode vestir uma capa e achar que pode se lançar no movimento de qualquer causa regente da sociedade. Isso faria seu livro acabar. Ter roteiros, *pitch*s ou telas-mentais, todas essas merdas que deixam de fazer a transformação do barro a ouro numa admirável confusão orgânica. Isso acaba frustrando a alma da criação. O infinito corre sem ensaio.

— Você acha que conseguirá conhecer muitos infinitos? — perguntou, revigorada.

— Se eu te respondesse, eu também estaria estipulando um fim para essa ávida procura. Ao infinito de palavras, dou a mim o silêncio e retribuo com o que mais sou franco; meu alcance de vocabulário incerto à minha disposição atônita. Há uma confusão inerte nas antessalas das vidas-figurativas, mas, dentro de mim, assegurado deste jeito, entre palavras e esmero, eu me sinto perfeitamente organizado. É o mundo e os poemas como tem de ser. Além disso, fica ao além e eu ainda prefiro acreditar que, no futuro, entenderemos.

– Eu não quero ter mais filhos – comentou Isabel, erguendo o copo para brindarem a segunda vez.

– Você nos puxa a outras questões, um livro não acaba com a sua vida do mesmo jeito – argumentou Castiel, acompanhando o brinde.

– Coitada das crianças – afirmou a anã.

– Coitados dos livros – afirmou o poeta.

A chuva ia e voltava. Um vai e vem típico das metáforas conhecidas pelo passado.

– Adorei sua teoria de que os livros não precisam acabar – disse ela.

– Obrigado. Mas falo isso sobre meus livros; os livros dos outros, eu não sei e nem quero saber. Se querem acabá-los, que acabem! *"O primeiro se parecerá com o último, mas, por intuir que eu poderei me preparar a ele, o primeiro vale pelos dois"* – citava uma própria passagem, atribuindo um sotaque-patrício horroroso.

Voltava a se recostar na cadeira.

– Eu também não ligo para os filhos dos outros, só sei de Helena.

– Imagino.

– Você faria um filho comigo? – ele perguntou, sorrindo.

Sentiu algo do livro parar.

– Preciso novamente de um banheiro – respondeu.

Lupo: substância que profere o amargor das cervejas.
Pitchs: Apresentação sucinta de projetos audiovisuais.
Ápeiron: segundo o filósofo Anaximandro (sVI a.C.), a realidade infinita, ilimitada, invisível e indeterminada que é a essência de todas as formas do universo, sendo concebida como o elemento primordial a partir do qual todos os seres foram gerados e para o qual retorna, após sua dissolução.

25

— Você foi sincera, isso é ótimo – disse, segurando o copo de conhaque com ambas as mãos.

Pietra não queria me ouvir, aceitando aquela conversa.

— Eu preciso de alguns dias para pensar. Se você quiser falar alguma coisa, também seria ótimo. Sua indiferença perante a isso tudo me magoa.

Aliás, não havia nada em minhas mãos.

— Se o fim é o que quer, não precisamos prolongar os discursos.

— É uma decisão importante – retrucou ela.

— Não lhe darei tempo algum.

— Mas temos grandes planos, Castiel. Não quero perceber que estou me abstendo perante suas atuações-de-demência no meio de um casamento, e depois ter de pedir um divórcio.

Tentando fechar os olhos, senti uma das felinas pular em meu colo, fazendo outra dúvida-divisória aparecer.

— E elas? Ficarão com quem? – perguntou Pietra.

— Pode levá-las – eu disse.

— Vê? Nem a nós você tem olhos.

Permaneci em silêncio.

— Elas te ajudam com a depressão, podem ficar aqui – disse ela.

"Isso não é de agora".

— Talvez você também esteja com depressão.

Dei mais um gole curto no conhaque.

Pietra lacrimejava com a expressão lúgubre.

— É muito frustrante ouvir isso logo hoje, um dia em que eu me vi tanto.

Dei outro gole curto no conhaque.

– Me dói saber que minha depressão é tão repugnante a você também – respondi.

– Você tem cigarros?

Apontei para um apoio de mesa que estava próximo à janela. Não era bom vê-la adquirindo os mesmos vícios que eu. Mal sabia acender o cigarro. Lembrei-me no início da relação quando estávamos a fumar esporadicamente juntos, e ela me dizia; "Tentei usar esse isqueiro, ele não vai", e eu conseguia, colocando por baixo da camisa e acendendo. Ela achava ambas as coisas injustas; eu poder levantar a camisa daquela forma na rua, e eu poder acender a qualquer coisa mesmo na chuva. Agora eu achava injusto o isqueiro obedecê-la.

Me uni à janela e coloquei minha mão direita em suas costas. Ela já estava saindo dali aos poucos. Tive vontade de apagar o cigarro de sua boca.

– Então não dá mais? Perguntei.

–Você sabe o que penso das perguntas, não foi isso que eu disse – respondeu, tossindo.

–Eu sei o que vem depois de um tempo – afirmei, olhando a noite silente e sem chuva.

–Se você gostasse mais de dialéticas ao invés de poesia, talvez me apoiasse. O próximo passo da minha vertical é te dar um soco, mas o próximo passo da tua horizontal é passar pela sala, pisando sobre mim sem me ver. Você está perdidamente relapso à espera da merda de algum verso ou pensamento, Castiel. Todos os dias.

Ela tragava enquanto inaugurava novas frases. Eu não tinha o que responder.

– Nós quase não ouvimos músicas juntos – ela disse, me olhando penosamente.

– Você com seus fones de ouvido é imbatível, não nós – respondi.

Arremessando o meio cigarro na chuva, Pietra virou as costas, dizendo quase de maneira inaudível:

– Eu já volto.

26

No banheiro, o espaço era fraco para aguentar a indecisão de sair pelos fundos do boteco e pegar seu carro para sumir daquilo. Misturava o reflexo do espelho com a caligem *edepta* de uma adrenalina sem flores. Sentia-se sufocado de ver como ainda era tosca a relação de vida aberta, sem ter como estar com ela.

– Fumar no banheiro é puxado – disse um grandalhão, descendo as calças na frente do mictório.

– Foda-se – reagiu, soltando a fumaça para cima dele.

As goteiras do teto pegavam no cigarro. Por acabar sendo muito nojento ouvir o mijo de um fedelho gigantesco, enquanto fumava em cima das fezes, desistiu de praticar os sumiços que a última vida lhe havia ensinado.

– Hey, Jep, seu maço acabou – disse Isabel, vendo-lhe voltar à mesa com o rosto apertado.

"Foda-se", pensou ele.

– Ainda temos o seu, não?, perguntou se sentando.

– Sim, mas o seu acabou.

"Os dois eram meus".

– Tudo bem – disse.

Isabel estava debruçada na mesa, fazendo, do maço vazio, uma espécie de aviãozinho entre os aeroportos de vidro; os dois copos americanos também vazios.

– Não fala sério sobre mais filhos, não é?– perguntou ele.

– Você não quer o infinito? – retrucou com ironia. Tentava ignorá-la, mas...

– *"Você não quer apenas dar as festas, quer ter o poder de arruiná-las"* – emendou Isabel, apoiando o aviãozinho entre as pontes aéreas.

Ele queria apenas ir embora.

– São Paulo é mais infinito que Roma, para mim. Isso é uma ambição omissa, fazendo-se impossível ser o par do meu ímpar-criador – ele respondeu, referindo-se a ela.

A festa já tinha acabado.

– Se acredita mesmo nessa quase entrada para o infinito, você sabe o porquê do "doer" não te assustar. Arruinar, recomeçar; arruinar, recomeçar; arruinar.

Ela se erguia, falando de Pietra.

– Você realmente se incomodou por eu ter trocado as partes do livro, não é?, perguntou ele.

– E de novo, você não olha para mim para falar sobre isso – afirmou Isabel.

De queixo entreaberto, evitava respirar o ar duro que era ouvi-la novamente não entender o porquê de um romancista se sacrificar em seus termos, por não apreciar a morte frívola, sem o despojamento da escrita para fora do corpo. (O romance sendo um divã da alma). Como evitar o avanço de um tumor a virar um câncer, assumindo-se um tabagista anárquico.

– É complicado – argumentou, querendo apenas beber mais da cerveja nacional.

– Complicado por ser ela – disse Isabel.

O viaduto acabaria.

– Te causa medo pensar que, por acaso, ninguém mais irá perguntar qual é o seu nome? – perguntou o anarquista.

Se escondendo no isqueiro rosa, Isabel também se demonstrava farta.

– Todos que precisavam saber do meu nome, já sabem.

– Onde você estava ou quem é você? Qual das duas perguntas lhe trazem mais dignidade? – continuou Castiel.

– Alguns lugares por onde ando, eu prefiro que não saibam do meu nome, mas se estou em um desses lugares, é por estar estranhamente-indignada por não ter ninguém sabendo quem eu sou.

– Você consegue pensar em outra pessoa debaixo da água? – ele blefava.

– Nunca tentei.

– O mundo parece um lago?

– Você acha mesmo que alguém passa o dia querendo saber onde eu estou? – ela perguntou, bastando infelizmente o jogo de xadrez.

– Eu tenho certeza – respondeu.

– Pelo som ou pelo significado?

– Se conseguir se lembrar por onde passou, são os dois.

O gordo do mictório passava entre as fileiras das mesas, inclusive a deles, e, ao vê-lo, Castiel o chamou.

– Amigo! – disse alto.

O gordo continuava com as passadas de dinossauro.

– Amigão! – chamou mais diretamente.

Isabel não entendia, por isso não falava.

– É comigo? – perguntou o homem, apontando para si.

– Sim, venha aqui.

Ajeitando a braguilha da calça, o gordo veio se esquivando desconfiadamente entre as mesas.

– Hã – disse o homem num tom de encrenca.

Castiel olhava-o relaxadamente, até que perguntou:

– Você não a conhece?

O grandalhão não entendeu. Olhou para Isabel um instante e voltou a encará-lo.

– Você não a conhece mesmo? – repetiu corajosamente, num ato de irmandade.

– Não – disse o gordo.

– Você devia conhecê-la – insistiu Castiel.

– Mas não conheço.

– Então pergunte seu nome.

Isabel gostou daquilo.

– Quem é você? – perguntou o gordo.

– Pergunte qual o meu nome – respondeu Isabel.

O homem estava irritado, esticava o pescoço cada vez que falava.

– Vão se foder! – exclamou o homem, desistindo da história.

Os dois deram risada com o desconhecido. Caíam-lhes bem a confusão descompromissada. Mesmo que Isabel, às vezes, os rejeitasse como amigos.

– Depois eu continuo – ela falou, referindo-se ao livro.

Ele não ligava.

– Perfeito – disse.

– Quer fechar? – perguntou ela agora se referindo à conta.

– Deixemos dez *mangos* na mesa e está tudo certo.

Isabel vestia os sapatos enquanto Castiel pensava em como poderia encaixar o gordo no livro.

Caminhando até o carro, Isabel se aderia a posse dos poemas, por mais que detestasse os medos.

– Não suma.

Ouvindo aquilo, ele entendeu que era a hora de mentir.

– Para dentro, ou...? – deixou a frase em aberto.

– Eu te amo, idiota – disse Isabel, sendo como sempre, ela.

Olhando-a com tranquilidade, deu um beijo em seu rosto e disse:

– Está chovendo na sua cabeça – trazendo-a para perto de seu corpo.

Era uma bela troca.

Edepta: ébrio em disfunção.
Mangos: gíria de moedas.

27

    Isso de intuição virar criatividade realmente é infindável. Se há, na fênix, suas patas de fogo, eu não sei por que ressurgir e não amar, tendo visto que o oposto só seria lembranças de um outro amor. Ninguém entenderá, se caso vir a se erguer como o último símbolo afável, sem ter passado pelo outro, por baixo do outro, despercebido pelo outro, fantasma do outro. *"Como você começou com isso?". "Quando eu não pude continuar com o outro"*. Ser um lenço furado às costas do boxista; *"Eu preciso de uma toalha"*. *"Mas agora você está lutando com outra pessoa"*. A elegância-sintetizante é como uma guarda-alta-doce. *"Eu trouxe uma troncha de palavras-duras para você"*. *"Pois bem, coloque-as perto da lareira, vamos cantar e agradecer"*. Estilizando o vinho com as presenças. (Sem torná-los cervejas nacionais). A degustação dos vícios muda totalmente com a companhia. *"Então passe as unhas, onde você sabe que passarão nossas conversas."*

    O poliedro. A balsa de flores brancas, bárbaras de outro mar. O acúmulo colossal de acertos e de vantagens. A extasia. A ressurreição parca. A regra clara das místicas e das belas comoções refrativas e espirituais em sua máxima imortal-perfeição. Pode estar na curva de metal da orla, pode estar na pista do aeroporto no inverno, pode estar nos pelos das bochechas da terra, pode estar no silêncio de um ritual no Congo, pode estar na trena que tira as medidas da elegância, pode estar no trajeto individual ao receber assobios, pode estar nas válvulas-mecânicas que marcham das colônias médias, grandes e pequenas dos olhos omissos protegidos pelas lentes dos óculos. Os pés do assassino protegido com as meias, as mãos do traidor eivando-se em massagem. Pode estar na ira das possibilidades de não saber a qual ressonância vaga a realidade, aprendendo a destruir as afirmativas. Ou não poder dizer nada além de antônimos a quem dói por se doer. Pode estar em só ter ar e cabelos debaixo do chapéu. Pode estar na frustração de um "aproximar-se" sútil. Pode estar em ouvir do mestre que é prodígio. Pode estar onde nunca estaremos, por não podermos estar, para continuarmos pensando que, de fato, é outra coisa além de nós.

Aqueles braços cruzados com o cobertor até os joelhos, fazendo as costas do nosso quarto ser a frente de todo o Ocidente. Me explique, amor, como é densificar as entradas do mundo? Abaixar desse jeito os sonetos? Fazer o mármore negro moldar-se como sua flor? Coloquei-me nas bagagens de um trem lotado. Agora diga-me, o que fazer para te ter de verdade? Será que ainda posso perder algum poema-anoite? Ver-lhe falar da banalidade que se é; preocupar-se com a vida "listada" sem intimar a vida "saudosa". Essa minha tensão de dialogar com o licor às seis da manhã, para suprir o magma-retentor que antecipadamente me faz sofrer;

"Será impossível escrever um poema hoje, depois de deixá-la na estação, a conduzir-se pelo que não me tem e pelo o que eu ainda preciso consertar; São Paulo sem nós dois." Por isso, me estrago numa estagnação alcoólica-delinear; meios beijos à sua mão bucólica. Faremos os corações baterem sob o cimento, deixando o outro ir até a beirada do público, abarrotados de dor e ansiosos para nos ouvir em poesia. Não, não dependerá do seu batom, dependerá de como os outros irão nos esmagar dentro dessa empatia trovadora. Mas pegarei, no ar, a *sublogia* dessa marca-tenra, lograrei e lhe escalarei até subir a eles, sendo inevitável o nosso reencontro no começo de outro poema. Seus pés com as unhas brancas, a não me lembrarem Pina Baush. Seu peito com uma janela onde não adianta eu querer me suicidar. Como e quando eu poderei fazer poemas de novo sobre raiva? Essas cobranças sórdidas de um quase Frankenstein, testando os encaixes de seus pinos para uma poética-gótica-italiana, em que eu daria o nome de "O Decanato de Seus Poemas". Com o chão de tabaco e os lagos de conhaque. Nossas árvores dos algodões em que retirar sua maquiagem, e tudo isso porque eu sei que não te incomoda. Se compararmos os seus longos dedos a diminuírem perto dos meus, e analisarmos que precisei de vinte-um-anos, dois livros publicados e um decreto quase reproduzido de 90% de morte, para então reconhecer que os grandes poemas são para as mulheres que nos fazem querer mudar a cidade, eu precisaria mudar a cidade, mas a perdoe por enquanto, faça dela um pequeno papel em branco. (Não de suas unhas, ou sim de suas unhas, as unhas que acabaram literárias, mas apenas agora o branco como quando escolheu para pintá-las.) Deixe que vivemos.

Sintetizante: sintética endurecida.
Sublogia: lógicas secundárias, terciárias.

28

Voltando do banheiro, Pietra parecia mais calma, o que não era necessariamente bom.

– Seja sincero, você também não quer ficar comigo – falava ela.

Aquilo definitivamente não era de agora.

– Você não está com depressão, apenas não me ama mais – afirmei.

– Voltando as conveniências... – murmurava, andando vagarosamente da janela até o final da sala. Eu a acompanhava com os olhos, mas não queria que viesse de mim a concordância final.

Pietra estirou-se no tapete. Eu decidira acender o último cigarro do planeta.

– Será que iremos conseguir mesmo sem o outro?

– Conseguir o quê, Pietra?

– A vida.

Eu só queria abraçá-la.

– O que você acha? – perguntei.

– Você funciona com extremos, vai se sair bem – respondeu com uma voz solteira.

Me virei para dentro para olhá-la, e tudo era insano.

Eu não podia chorar.

– Paixões que berram e não ganham ecos, palavras compridas sem copos, pontes erguidas sem dinamites, maconha sem sexo, socar meu peito antes da desistência; a nova geração gira escrava disso.

Pietra se levantava, apoiando-se no rack e veio se unir a mim.

– Posso esmurrar seu peito? – perguntou, vazia.

– Fique à vontade.

Roubando meu cigarro, falou como se se unisse à fumaça.

– Nós ainda estamos com medo. Desacostumar é um sacrifício.

Eu acompanhava os cabos elétricos dos postes também vazios. Não queria dialogar nunca mais.

– A pipa é o corpo e as mãos são a alma – mencionei.

Terminando o último cigarro do nosso mundo, Pietra pegou minha mão e me puxou para dentro da sala novamente.

Nos sentamos no sofá e ela sugeriu:

– Decidiremos amanhã o que iremos fazer, ok?

– Tudo bem – respondi.

Já passava da meia noite.

29

    Mas repete. O casco da tartaruga cresce e repete. Equilibrar-se no desequilíbrio para adoecer pela mesma doença; repete. Estagnar, ratinar, roer o radical das palavras, recriar nova tabela de suposições, redecorar a transição-cristalina e repete; a torta de frango vem fria. Cacete. Repete. Coloca o caderno na frente da orelha, estica-se as mãos aos joelhos, aufere o desabrigo em "Esse Ofício do Verso", depende de alguém para o rolo de papel higiênico e repete. Diz que fica para dormir, pede para o radical cantar até nanar, ela demora mais de dez minutos no banheiro e repete. Vai embora sem demora, volta para o capítulo sobre os elevadores, encontra quem fuma, fuma o último cigarro, pega dois cigarros do maço desconhecido, fuma por inteiro o exagero antecessor, e quando quase vai embora, repete. Debate lembrança com a própria lembrança, vê que não discute por não ter ninguém, liga para outras três lembranças de mais alguém, e vê que a lembrança não prefere ver você. Repete. Coloca o documentário X, não vê o documentário Y, documenta a falta de lembrança Z, pede perdão pela palavra "A", vê que a palavra "P" causa tontura, faz abrigo à prisão de ventre, torna a guerra um escanteio inválido e, quando se percebe no meio do canteiro, repete. Afeiçoa-se à discórdia, escuta conselhos irreproduzíveis para crianças, ensina-lhes soltar gases em cima das mães, distribui picolés de milho na rua, e repete. Um fala que é professor, o outro fala que é padrinho, e o psicopata de seis anos não aprende. O outro dá palmada, o outro fala de um pozinho branco, o mais gordinho estica a carreirinha por cima da mesa, manda ele puxar devagarinho com nariz, e ele sente. Dardeja-se na lousa, tira nota no cursinho, é confundido na calçada, e toma tiro à queima-roupa. Repete. La febbre del settimo giorno. A confissão de que não aceita; a náusea feita da calamidade repetida, a alergia de apagar o texto, a persistência de que pode ser assim. E assim sendo de novo, repete. Jura não ter culpa, jura que não se preocupar, jura nunca pedir desculpa, mas logo teima em se preocupar, e acaba além se preocupando. "A culpa agora está no livro". Não repete; vê que; "livro" veio agora, vê que livro não é toda hora, e vê que livro-para-livro, não tem culpa. Repete. O desequilíbrio se equilibra na doença, o lexical impulsiona o sonâmbulo, a torta de *frango volta quente, estica-se dez reais para frente, e outro maço mostra que não pode ir embora, porque não sabe ir embora, porque sabe que, se for embora, vai lembrar bem rapidinho o que é lembrança. O livro para o moleque. Repete. O casco da tartaruga explode.*

inferno
traz mais clareza

o homem para continuar homem;
precisa do inferno sobre a cabeça

o homem que não vive no inferno
não precisa declarar que está vivo

o inferno e o homem
são o que são a vida
dão o que dão a sorte

a vida é uma festa
para trás do descanso,

mas, quando o homem cansa,
e está disposto ao descanso

vê que a festa era guerra
e o descanso será festa

seus dedos são moles,
mas, neles, há fibras;
consistências inomináveis

transformo meus demônios
em mulheres
mesmo que sejam sinônimos
súcubos
nessa epífise intragável

os homens podiam ter carregado
a cultura de morder uns aos outros

CAIQUE GOMES BARBOSA

*eu gostaria de estar grudado à perna
do ser
que em pouco estará em minha festa
a qual inaugurarei por diversão*

*se o ódio partilha da confraternização;
as privadas do céu desembocam no averno*

*a sorte de um homem viver no inferno
ter as relíquias dos homens antes de chegar às últimas mãos*

*o inferno é uma resistência
como todas as outras;
pega fogo e deixa rastros*

isso é ter-me no poeta.

Hospital

30

Preocupado. Afinal, Pietra também tinha uma vida. E transpirar na cama, mesmo que junto dela, não ajudava nos percalços. Tentava entender, ao invés de admirar, quando sua voz inteira estava dentro de sua barriga, que subia e abaixava nas longas estradas únicas em que sua preocupação não chegava.

Ouvia-a parar de roncar, aproximando lentamente os ouvidos para perto de seus seios, porém antes de conseguir encostar-lhes, sua respiração voltava.

Pietra não via nele o tempo.

O melhor a se fazer, caso ela não percebesse que ele estava insone, era dormir. Mas a esperança de que o notasse, fazia-o perdido. Sem saber a que horas tinham ido para cama, a que horas ela iria se levantar, ou a que horas poderia tê-la de novo adormecendo ao seu lado.

Assistia a claridade da veneziana, penosamente tendo de mergulhar no quarto, no mesmo período em que sua perna direita voltava a se flexionar na cama, da mesma forma que se portava antes de dormir. E sua ronquidão a desaparecer, até estabilizar numa respiração franca que, inclusive, o enciumava, se a ideia de que alguém também pudesse vê-la o atormentasse. Era seu rosto na superfície da vida, num sono muito raso, mas que não deixava de pertencer ao tempo. Era o descanso de quem em breve lutaria.

31

– Calor... – Pietra despertou, abanando o rosto.

– Está mesmo.

Atuando uma rouquidão de algum sono que não havia lhe alcançado, sentia-a colocar a perna direita por cima de seu corpo, erguendo-se para beijá-lo, sem separar os lábios nas divisões dos beijos. A paz da manhã era bilateral. Tinham o deleite matinal como religião, por mais que um fosse mais cético que o outro.

Ficava de olhos fechados durante o processo de tomar banho, escolher roupa e calçar sapatos em Pietra. Era como, incompreensível, ficar desperto para vê-la deixá-lo, ou opinar sobre como estava linda para partir.

– Me dê um beijo – ela pedia depois de arrumada.

– A primeira aula inicia às oito?

– Sim, mas tenho que abrir o sistema mais cedo.

Não era mais manhã para Castiel.

Se quisesse, poderia lhe fazer companhia. Ajudaria a erguer as portas, estacionaria seu carro, inibiria os moribundos da frente do portão etc. Ele teria o mínimo a fazer, enquanto livremente a assistiria trabalhar. Mesmo isso sendo visto como incômodo e vadio, ficar prostrado no trabalho da "esposa". O CFC era de Pietra.

Depois de ver a porta de casa se fechar, o único grunhido de inutilidade berrava pelo apartamento.

Naquela quinta-feira, decidiu escrever da piscina. Moravam no último andar do prédio, o que lhes garantia um dos únicos nove apartamentos de dois andares de todo o condomínio. Apoiou os chinelos no deck e notou as toalhas que esqueceram na última vez no terraço, estiradas em uma das cadeiras de praia. Sentando-se na borda, colocou os pés lentamente dentro da água gelada. Lembrou-se da última viagem à Ubatuba. Um pequeno descanso que tiveram fazia alguns meses.

Lembrou-se, precisamente, de quando entrou no mar, enquanto Pietra, de costas, tomava sol. Havia ficado indeciso em ir ou não à água, pelos outros que saíam rapidamente reclamando da friagem. Até que se convenceu de que estava na praia e, sem demora, se encaminhou ao mar.

Lembrou exatamente o ver das ondas, bravas, partindo-se distantes de onde estava; *"Se eu me afogar, Pietra não verá"*. Na piscina, era a mesma coisa.

Ao entrar (no mar), as ondas pararam. Tudo estava tranquilo diante da piedade. Foi caminhando para dentro até cobrir o peito. Nada ao seu redor tinha um mísero ruído. Era o pensamento e o que ele quisesse. Fechou os olhos e afundou o corpo todo. E apenas com corpo todo submerso, percebeu o quanto a água, apesar de fria, permanecia como passagem.

Voltando à superfície, grandes nuvens esbarravam-se num ato de excitação da natureza. Uma onda mediana e veloz o imergiu de volta, sem que ele pudesse pegar quantidade de ar suficiente. Se preocupou se ela estava acordada, e, boiando novamente, olhou para a praia, onde ela aparentemente estava adormecida. Virou-se, então, novamente disposto a enfrentar o mar. Sentiu uma sensação de desprezo, da água, de si próprio, de onde estava; sem os pés na areia, mas ignorado. Sozinho naquela escala de profundidade, mesmo com a orla cheia. Novamente era inútil.

Passou a mão no rosto, esquecendo-se do sal marinho. Os olhos ardiam, mas ajudavam a amenizar a estreita sensação.

Se retirando do comprido azul a esbarrar no verde, conforme voltava, identificou; o azul não ultrapassava o verde, nem o verde atravessava o azul. O mar era asmático, mas ele respirava por conta própria. Era apenas a tardia sensação de desprezo; agora pior, com sal nos olhos, as nuvens se abrindo e a confirmação, com os pés na areia, de que Pietra tinha dormido.

CFC: centro de formação para condutores.

32

Eram oito horas, Pietra já devia estar tagarelando com sua única funcionária/professora, as portas provavelmente já tinham sido abertas pelos instrutores da autoescola de sua mãe, os alunos de cara feia provavelmente já estavam sentados no pequeno sofá preto, esperando a professora chamá-los para recolher suas digitais. "O que fazia Pietra se sentir atrasada?", pensava.

Castiel suspirava em frente à piscina enquanto a água, numa batida nula, subia suas canelas. Sua maior preocupação palpável em relação à rotina dela era perante os funcionários de uma fábrica de materiais desconhecidos, os quais, em horário de almoço, faziam questão de se sentar sobre a calçada na frente do CFC para ficar como galos de briga, só que embebedados de contrição pela vida miserável, cantarolando versos bregas de músicas populares e se alternando em olhadelas diretamente a ela.

Cansado do sol, Castiel se levantou com os pés esbranquiçados. Pensou em telefonar, mas ainda não eram nove horas. Achou melhor voltar para dentro e tentar uma pestana. Descendo as escadas, suas gatas lhe trançavam as pernas. Agachou-se, por um instante, para acariciar as felinas; "De noite, ela estará de volta".

Alongou a pestana até às onze horas; dormir sozinho o deixava menos preocupado. Agora, poderia ligar sem parecer um neurótico.

– Pode falar? – perguntou ao atendê-lo.

– Oi – respondeu ela.

Olhando para o teto, não sabia o que dizer, por não ter aonde chegar.

– O trabalho te deixa como uma voz diferente.

Pietra ria.

– Fale, amorzinho.

– Como se sente?

– Trabalhando.

Ele se sentia um idiota.

– Estava escrevendo lá de cima e lembrei de Ubatuba, podíamos voltar – disse.

Fechava a mão com força por lembrar que ela odiava Ubatuba.

– Eu não gosto de Ubatuba – respondeu Pietra.

– Sim, mas a praia nos fez bem. Podíamos ir àquele vilarejo que passamos na volta, onde você comprou uma garrafa de água...

– Camburi.

– Você disse ser uma boa praia, parece ser um bom lugar.

– Não, vai estar calor – rebateu ela.

Impressionava como intuía as previsões climatológicas de acordo com suas intenções. Enquanto enrolava a conversa sobre o que fariam no jantar, Castiel checava a previsão do tempo e, pelas próximas semanas, não faria mesmo calor no litoral.

– Vou abrir o sistema para saída, te telefono depois.

Desligando o telefone, as gatas se deitavam em seu colo.

"Sou eu", dizia a elas.

33

A você, no início, meus entusiasmos eram fartos; imitar o Jacquin falando "o peixe é podre", ou imitar como eu fazia com as bochechas das garotas no colégio. A supressão gástrica deste estômago enorme que chamamos de atmosfera, estreita-se na relação entre linhas instrumentais e soturnos-inconscientes-femininos. Mas das relutâncias que me ensurdecem, e que geralmente não são como você, manequins congelados e que me servem, às vezes quando se despedaçam na frente do meu carro; não me gera remorso. Esse dispor do que é teu, sem ter que fechar um dos olhos. Apenas fantoches. Entender-se nesta aba quântica desse rapel eloquente. Estão a sair raízes multicores de minhas salivas. Provável ao improvável. Questão fora de questão. A liturgia incandescente; deixe-me versar em seus paralelepípedos. Refrigerar este viaduto insosso com a queda deste centenário. (Cem páginas em cem dias, durante cem anos do mesmo caralho). A mesma queda que vim aguentando. *"A cada cinco poemas, você ganha 25% de pulmões"*. Acontece que vou ficando. Quando fui menos menosprezado que você? Ter Pietra é ter a ceifa, ter a febre, ter o próximo, ter o prêmio, ter a dor, a paciência, ter o público, ter o sátiro, ter o crítico, o controle, dois sabões, ter as fendas. Tudo está a crescer e eu continuo escrevendo. Pulo dez casas num livro. (Pulo de dez casas agora.) Esse desespero desalmado sacolejando meus testículos, sacolejando minhas preces, sacolejando as cicatrizes de onde vieram as crises; crises de blandícias, crises de maria-mole, crises de guarda-chuvas, crises por não des-fru-tar-ar-dentro.

"O que minhas crises querem tanto com agosto?". Como parar a crise antes de setembro? E que problema eu realmente tenho? *"Talvez o de escrever um livro inteiro para Pietra"*. Cale-se! Afogado não estou; com tantas páginas, impossível. É como escrever tanta poesia que, ao caírem no oceano, ele secasse.

34

Nove vinte e um virava no relógio. E quando menos a desejou, ela entrou em casa. De riso fino nos lábios e a bolsa dependurada no ombro direito. Sabia que Castiel estaria sentado, e ele estava. Mas era bom vê-lo, mesmo que diariamente sentado. Assim como era bom dizer, diariamente, que estava atrasada.

– Eu trouxe um pedaço de bolo, minha mãe quem fez – disse, tirando suas vasilhas da bagagem.

– Podia ser a torta de sua avó – respondeu Castiel, levantando-se e a cumprimentando com um beijinho.

– Saudade daquela torta.

As gatas continuavam dormindo.

– Fale-me de seu dia – ele disse, voltando a se sentar.

Pietra lavava suas vasilhas.

– A Magali me irrita. Mulher burra. Hoje veio me pedir dias de folga, mas ela não se lembra que acabou de voltar de férias. Só de vê-la estacionando o carro, me dá vontade de sumir. Tento ser legal, mas ela faz perguntas insuportáveis.

Ele a ouvia falar como se não fosse sobre um problema.

– Fora isso de eu ter de abrir e fechar o sistema, porque a debiloide não aprende. Isso não é meu trabalho. Entendo que ter uma patroa com idade para ser sua filha deve ser complicado, mas eu não tenho nada a ver com isso. Ela é folgada, tem chegado atrasada e isso prejudica os alunos. Apenas com a digital dela nós podemos progredir com as aulas e, se passar das oito e quinze, temos de pegar uma a uma as assinaturas dos alunos.

– Demita-a! – sugeriu Castiel.

– Ela é boazinha, eu gosto dela.

Percebendo que assuntos pessoais não são diálogos, mas sim apresentações, comentou:

– O lado positivo dela é ser mulher.

– Exatamente, eu prefiro – afirmou Pietra.

– Eu também.

– Agora, conte do seu dia – ela disse, secando as mãos.

– Não foi nada demais.

Era um verdadeiro poeta.

– E o livro, escreveu alguns poemas? – perguntou, sentando-se à sua frente.

– Escrevi algumas coisas – respondeu.

– Quero ler.

– Então vou pegar... disse, levantando-se.

– Aqui embaixo está um forno, vamos para piscina.

As gatas se levantaram.

Enquanto Pietra trocava de roupa, Castiel escolhia minuciosamente os poemas que havia escrito de manhã, ou os que havia escrito mês passado, não importava.

– Vamos? – ela disse, apagando as luzes do quarto sem que ele tivesse terminado de escolher

Pôde sentir o mar.

Abrindo a porta do terraço, viram as toalhas. Ela comentou por alto: "Estão aqui há dias".

– Podemos dar um mergulho depois? – ele indagou.

– Está muito escuro, tenho trauma de água.

– Me sinto muito bem na água – disse, querendo confortá-la.

Já pondo os pés na piscina, apenas sorriu para ele. Castiel colocava os poemas para trás, até que voltavam para frente. Não sabia por onde começar.

Ela olhava o céu.

– Olhe, como está lindo! – disse, apontando para cima.

Ele se sentou ao lado dela. Os poemas estavam com a letra fraca. Via, os pequenos fios de Sol entrando pela veneziana e esbarrando em sua tez, mesmo sendo pura noite. Pietra tirou uma de suas mãos das folhas e, antes de beijá-la, seu telefone desalmado tocou. Era Magali. Presa dentro do CFC, incapacitada de abrir o sistema sozinha, pedindo sua ajuda. Uma apresentação passando por cima da outra.

– Vá, você está atrasada – ele disse.

Não tinha mesmo o que ler.

35

As onze e meia Pietra entrou em casa. Castiel estava de pé. Tomava um copo de conhaque com gelo.

– Está com fome? – ele perguntou.

Aproximando-se de seu ouvido, respondeu:

– Essa casa continua quente.

– Continua mesmo...

Ficou nua.

– Você está com fome? – Castiel perguntou novamente.

– Sim – ela disse, trazendo-o para perto do sofá.

Pietra punha tudo que o mundo tinha numa colher e lhe dava na boca. Enquanto continuava com as perguntas, o cheiro da calcinha tangia o deserto. Sentia-se fraco, inerente. A hora que o tempo quisesse, teria sua morte.

Ressecados, banharam-se juntos.

– Minhas filhas viram isso– referia-se as duas gatas.

– Acontece – respondeu Castiel, agora apenas sendo um morto.

Um morto querendo ressuscitar para morrer de novo. E ressuscitou, deixando o banho mais quente que a casa, depois faleceu de novo, sentado em cima do ralo onde escorria a água.

– Dessa água, você não tem trauma – dizia, apontando para fora do boxe; o banheiro completamente encharcado.

– Meu Deus, molhou tudo!

– Molhou tudo – confirmou o morto.

Enquanto Pietra secava o chão, ele terminava de se lavar. Saindo do chuveiro, a ouviu:

– Amanhã, não abriremos.

Alegrou-se feito um menino.

– Não? – perguntou positivamente.

– Não, é feriado.

Ela não parecia contente.

Foi para sala sem dizer mais coisa alguma. Com uma caneta e um pequeno moleskine, fazia anotações concentradas. Ouvia ele chamar, mas o ignorava, erguendo uma barreira uniforme para dizer "eu já vou", até ele entender que não iria.

– Dos três tempos, qual o mais rico? – perguntou, vindo do quarto.

– Dos três tempos?

– Sim, qual o mais rico? – repetiu, colocando a camiseta.

– Estou com fome – ela disse.

Castiel coçava a barba, tentando mais uma vez não projetar Ubatuba em seu apartamento.

O mais rico era apenas comer.

– Certo, vou preparar uma massa.

– Posso fazer? – perguntou, confiante de que ele tivesse desistido da pergunta.

O mais rico não podia ser o tempo.

36

A alcançar corujas-eufóricas de meia-faces-azuis, depois tibetanas. Se o futuro morar no fundo da boca desta mulher que nunca beijarei, por favor, meus livros, disfarcem. O volante do esgoto a ser guiado pelo gordo a procura do cooler. Olhos esbugalham, mas não viram sapos. Os sapos preocupados são vilões. Olhos machucados se fecham, mas não existem tampas. Chorar não é choro. As marcações (linhas máximas do campo) digitais e rarefeitas. Mentalizei que era fraco. A incompetência do mundo me fez forte. Lei de todo vulto; se a física reagir positivamente a qualquer pedido, alguém de perto morre. (Ninguém de perto mentaliza para ser fraco, todos são fracos). A lei da inveja é a melhor causalidade do sucesso. *"Ele está prevalecendo a alma"*. Não. Às vezes, fecho os olhos e enxergo meus cabelos dentro da fritadeira daquela pastelaria de Bertioga. (A caminho de Ubatuba, a qual nunca paramos). A lei dos desejos não pode ser direta. Pietra escolhia a rota para não passarmos por Bertioga. Eu sempre disse que queria comer aquele pastel. (Tornar meu carro silencioso não fez com que Pietra falasse mais). Sinto falta daquele escape barulhento. Terceira lei dentro da mesma; ao repensar no que foi cedido, há de parecer que não tem fundamentos, porém acaba de entrar na ação da lei presente, permitindo rever-indiferentemente, fazendo os outros que martirizam o passado chegarem até Ubatuba, passando por Bertioga, comendo o pastel que foi feito na fritadeira junto a meus cabelos. *"Ele é um safado"*. Se eu não anestesiar o paradoxal que me assiste, além de mijar sentado para estender o texto, eu precisaria secar o pipi depois de a urina descer. *"Há quantas mulheres estou da mãe de meu filho?"*. Ninguém mais acredita em folclores. Imagino a raiva das corujas de só conseguirem ser poetas de noite.

37

Há uma verdade simples por trás de todas as coisas; todos sabemos que nada disso existe, tornando isso comicamente desinteressante, fazendo, de qualquer âmbito, um excesso, uma exaustão arredia, fazendo tudo que se conclui sair com um selo predicado de "malfeito" ou, simplesmente, "insuportável". Mas o sexo é uma delícia, e a vida, poeticamente, arrancada.

Pietra acordou, Castiel não estava na cama. Entrou alguns minutos depois trazendo uma bandeja de café da manhã.

"Queijo quente e chá de hortelã, de novo".

– Tive um sonho absurdo – ele disse.

– Conte-me – murmurou de boca cheia.

Castiel tinha dormido a noite toda.

– Se lembra daquela casa sombria, atrás da de sua mãe? No terreno preenchido de mata?

– Lembro.

– Pois bem, eu nos via subindo até lá, era final de tarde, o sol tinha dificuldade entre as árvores, o mato estava aparado, lindo para ser sincero...

– Você quer? – ela perguntou, estendendo a caneca com chá.

– Não, obrigado. Sobre o sonho: dentro da casa havia corujas, gigantescas, calmas, brancas e marrons, voavam baixo entre nós e pousavam em nossa frente, pareciam querer conversar conosco.

– Como aquela? – apontou para uma pequena estátua de bronze, a qual tinha lhe dado há anos.

O mais rico era um diálogo, não uma apresentação.

Pietra tinha acabado de comer. Colocando a bandeja no criado-mudo, esticou-se até o ouvido de Castiel, dizendo "cale a boquinha". Os dois riam, relaxados. Levantou-se da cama, segurando a caneca, e ficou esperando-o terminar a narrativa do sonho, a qual já tinha terminado.

– Está um calorão – ela disse, ao se dar conta.

38

Voltou ao quarto, mordendo uma pera. Castiel continuava deitado.

– Nós podíamos colocar um ventilador – ele disse, apontando para o teto.

– Posso ver com a minha mãe, se ela tem algum sobrando.

– Um de teto funcionaria melhor.

– Um ar-condicionado funcionaria melhor – ela retrucou.

Recolhendo a mão que apontava para o teto, pegou um cigarro na cabeceira ao seu lado.

– O dinheiro funciona melhor – ele murmurou.

– Você pode abrir as janelas, por favor? Fumar aqui dentro é tortura – pediu enquanto caminhava para o banheiro, telefonando para mãe.

Com as janelas abertas, o dinheiro continuava funcionando melhor.

Olhando as horas (onze horas), entendeu definitivamente que a luta não combinava com feriados.

– Lá tem sim, podemos buscar – disse Pietra.

– Me dê um beijo – pediu, aproximando-se dela, enquanto passava o secador pelos cabelos em frente ao espelho. (Mesmo sem ter tomado banho pela manhã).

– Eca, cigarro...

– Você quer fazer algo especial hoje? – perguntou Castiel.

– Não pensei em nada, e você?

– Nada.

Desligando o secador, olhou para trás, ele se deitava novamente.

– O que acha de buscarmos o ventilador?

– Pode ser.

– Na volta fazemos o almoço.

Foram buscar o ventilador. Um jagunço, uma das hélices quebradas, fazia um barulho de autorama. Um esbarrão das gatas e se partiria no meio. Ele e nada não mudava o paradoxo de o dinheiro ser melhor.

Pietra trocava de roupa, como fazia a cada afazer, enquanto Castiel encarava o ventilador.

– Posso preparar o almoço? – perguntou Pietra.

Ele permanecia concentrado; queria encontrar a razão pelo qual um ventilador quebrado tinha sido tão ameaçador para ele.

– Ainda quero escrever, preciso estar de barriga vazia – respondeu.

– Vou subir um pouco para piscina, você vem?

– Logo vou – respondeu.

O que de tão apoteótico existia na debilidade de ter uma casa pouco arejada?

Pietra ia subindo as escadas e, ouvindo seus passos sem ritmo, percebeu que o artificial tinha mais chance contra a poesia.

39

Subiu para o terraço sem ter escrito uma palavra. Olhou para piscina, Pietra estava dentro. Boiava com corpo no centro, tranquila, repousando a cabeça dentro do aquário verde.

– O que houve? – ele perguntou, certo de que, depois de ela dormir, daria um fim ao ventilador.

– Nada, por quê? – respondeu, remando lentamente com os pés.

A resposta o paralisou profundamente. Se deixava de ser direto, era por tesão. E Pietra ourava tais situações com o deslocamento de uma imperceptível-volúpia em seu comportamento.

Atirou-se pela borda principal, mergulhando até chegar a ela.

– A folga arrancou seu medo de água? – ele perguntou, aparecendo ao seu lado.

– Parece que meus medos moram em você – respondeu.

Tirando o excesso do verde com as mãos, colocou-a a flutuar sobre seus braços, das bordas para o meio. A luta humilhava o poeta.

– Você me vê fazendo sucesso? – perguntou Castiel, pedindo a morte como a noite anterior.

Pietra abriu um dos olhos, ele a via perfeitamente, mesmo que por baixo dos óculos.

– Sinceramente? Não.

Olhava sua boca depois de ter respondido, ele jurava que seus lábios queriam rir.

– Mas por quê?

– Você quem devia saber – respondeu, impaciente.

Retirando os braços de boia, apoiou-se na borda em que se aproximavam.

– Você nem devia ter entrado, já estou saindo – disse Pietra, ficando de pé na piscina.

– Sairá por que eu entrei? – perguntou.

– Vou porque estou com fome.

Os medos eram definitivamente dele.

– Fique mais um pouco... – pedia com o pescoço para trás, porém nem a piscina, nem o sol combinavam com seu rosto.

Desceu as escadas sem responder. Foi direto para o quarto. O ventilador batia as hélices sozinho.

Ele entrou no cômodo minutos depois. Notou as duas coisas simultaneamente; o ventilador mais forte e ela, deitada de costas, na posição exata que ficava quando o queria. Tudo dependeria da primeira palavra.

Não disse palavra alguma. Do impensável ao repentino, os corpos mergulharam.

– Me sinto quente – disse ela.

O sexo valia a pena.

40

Ele sorria para o teto.

No silêncio ilusório, Pietra cochilou por 30 minutos e, nos 30 minutos, achou que ela estava acordada, sorrindo para o teto com ele.

Mastigando saliva, acordou dizendo:

— Estou quente.

Encostou a mão direita em sua testa, ela estava febril. Levou a mão ao seu pescoço e barriga; ambos também estavam quentes.

— Quer medir? – perguntou Castiel.

— Nós não temos termômetro.

— Foi este ventilador – disse ele.

— Foi a piscina – respondeu ela.

Com os ouvidos dele perto de seus seios, ela perguntou:

— Podemos ir ao pronto-socorro?

Atento a seu coração, respondeu:

— Não está tão quente assim, mas podemos ir, claro.

Chegaram ao Hospital Metropolitano do Butantã depois de 40 minutos. Pietra recolhia a ficha de triagem, enquanto Castiel caminhava segurando as mãos para trás, ao redor do salão vazio. "Doença e suor, doença e suor para todos os lados", pensava.

A televisão transmitia desenho animado, o que achou rude da parte do Hospital; passava, ao paciente, uma espécie de inutilidade moral, uma enfatização de que o cidadão perdia tempo enquanto adoecia.

Pietra sentou-se, apoiando a perna esquerda por cima dele, que, confiante, segurou-a com a mão aberta, abrangendo sua coxa. Por um segundo, prestou atenção no desenho.

Chamaram-na para colher as informações e, ao soltar sua perna, percebeu que os dois enormes ventiladores de teto do hospital começaram a girar suas hélices.

Dispersou-se da observação ao ser chamado de "acompanhante" por Pietra.

— Diga — falou ao se aproximar.

— Precisamos do seu documento.

— Eu não trouxe carteira.

— Você sabe seu CPF? — perguntou a recepcionista.

— Não.

— Me informe seu nome completo.

— Quem ligou os ventiladores? — perguntou Castiel.

A menina que continuava digitando, embora ele não houvesse informado nada que a fizesse efetivar os números aonde quer que fosse, franziu as sobrancelhas e respondeu com o ar dubitativo e espaçado:

— Fui eu, por quê?

— Para quê? — retrucou.

— Por calor...? — dizia a menina, apontando uma lógica reservada, mas distante dele.

— Castiel! — exclamou Pietra.

Enquanto respondia, a menina estendeu a mão para lhe entregar a pulseira de acompanhante, mas cego, por conta do debate, não notou.

Arrancou a pulseira com desdém, os dois voltaram a se sentar no salão.

— Isso é um hospital — disse Pietra, guardando a carteira violentamente na bolsa.

— Por isso mesmo não devia ter ventiladores. As pessoas vêm até aqui gripadas, resfriadas, fodidas; não querem um vento gelado com cheiro de doença batendo em suas caras.

Ela queria rir. Parte daquilo tinha lógica. Aos malucos. Batucava em sua perna que voltara a ficar por cima dele.

— Sua carteira está no seu bolso — ela disse apalpando sua calça.

— Quer ver o que tem dentro?

– Quero.

Dentro, estavam seus documentos e uma foto ¾ dela.

– Por que você disse que não a trouxe?

– Para que precisam registrar um acompanhante?

O médico a chamou, no corredor que antes estava com as portas de vidro fechadas. Os dois não ouviram. O senhor exclamou ao salão vazio novamente; também sem sucesso. Até que a menina da recepção, mesmo com raiva, se levantou e os direcionou.

Pietra-nele-via-o-poeta.

41

Acompanharam o senhor até a última sala, no corredor não havia ventiladores. Encontraram apenas duas cadeiras; a de trás da mesa, do doutor, e a da paciente, Pietra.

Ficou encostado perto de um esqueleto de borracha, na primeira parede da sala, onde também ficava a maca de avaliação.

— Me conte, senhora... Pietra? – perguntou o doutor, lendo a ficha de triagem com sotaque sulista, depois ligando o ar-condicionado.

"Só pode ser nós", pensou Castiel.

— Pela manhã me senti quente, bem quente, principalmente por dentro. Quando toco minha pele, aparentemente não é febre, mas sinto a quentura internamente.

— Certo, algo mais? – perguntou, agora desligando o ar.

— Não.

— A senhora toma medicamentos regulados, faz uso de alguma substância prescrita?

— Anticoncepcionais, mas parei devido a uma infecção urinária.

— E essa infecção, tem ideia de como a contraiu?

Nenhuma daquelas perguntas faziam sentido a uma possível febre interna ou externa, segundo Castiel.

— Nós fizemos uma viagem a Ubatuba, foi depois de voltarmos – respondeu Pietra.

— Pode ter sido o mar – disse o doutor.

"Eu entrei no mar e me sinto absolutamente ótimo", pensava ele.

— Pode ter sido, mas eu tive essa mesma infecção há uns anos atrás, enfim.

— Irei te examinar, mas aparentemente não é nada sério. Pode se deitar na maca, por favor – apontou para onde Castiel roía as unhas.

"Nada sério", repelia a frase na cabeça.

Deitando-se na maca, o doutor tirava um estetoscópio com aparência de nunca usado e um aparelho de pressão. Sentiu que ela o queria do seu lado e, quando se aproximou, deram as mãos firmemente.

Mediu sua pressão, estava ok. Ouviu seus batimentos, estava calma. Apertou seu estômago, a lateral da barriga e a bexiga. Na bexiga, ela mencionou uma pequena pontada, o que fez o doutor retirar as mãos rapidamente.

– É infecção urinária mesmo – afirmou.

Sem dizer nada, Pietra flexionou a perna direita, mantendo os olhos abertos.

– Vamos medir essa febre.

Enquanto o termômetro media a febre, as luzes piscaram duas vezes. O velho com cara de estragado olhava para Castiel.

– Aqui costuma cair a força sempre – comentou.

Remetendo como mentira, ignorou.

– O que foi, jovem? – perguntou o velho para ele.

– Ele está preocupado – disse Pietra.

– O senhor gosta de refrigerante-de-laranja – afirmou Castiel.

Os dois olharam para a mesa, para onde seus olhos miravam.

– Jamais confie num homem sem vícios – exclamou o doutor.

– Sim, meu terapeuta tem três: cigarros, *refrigerantes-de-laranja*, e não ir direto ao assunto – retrucou Castiel.

O velho fechou a cara. Pietra havia entendido, mas parecia confiar em seu trabalho.

Retirando o termômetro, disse:

– Tudo normal, 37,5º.

Se aproximando da mesa, o velho jogou a lata de refrigerante fora.

– Vou passar *tylenol* em gotas, no caso de a febre subir. Para a infecção, além de muita água, receitarei um antibiótico que a senhora tomará de seis em seis horas, durante três dias.

– Certo – respondeu Pietra.

– Prontinho, está aqui – entregou-lhe a receita – Lembre-se, de seis em seis horas durante três dias. Se a febre não passar, ou esse desconforto na bexiga persistir, vocês voltam aqui.

– Obrigado, doutor.

No corredor, Castiel retomava:

– Você não vai tomar esse remédio para infecção, não é?

– Claro que não.

O dia começava anoitecer.

– Acho que te amo – falou Pietra, abrindo a porta do carro.

– Não deixa de ter sido a piscina.

– Eu te amo, mané – repetiu ela.

42

Chegaram em casa às 19h50. No meio do percurso, conseguiram o medicamento. Castiel procurava uma colher.

– Vou para o quarto – disse Pietra.

– Tudo bem, já levo seu remédio.

Encontrando a colher, pingou o remédio articuladamente; uma gota de *tylenol*, outra de oração.

Amuada debaixo das cobertas, ela o via entrar com os olhos semiabertos.

Pediu para que ela se sentasse e abrisse a boca. Enfiando a colher, disse "amém".

Deitou ao seu lado e, por um momento, se esqueceu de que logo o sol voltaria à veneziana.

– Pode fazer suas coisas, amor – ela disse.

– Você não se incômoda?

– Não escreveu o dia todo...

– Me chame se precisar.

Levantou-se da cama e se sentou diante da Remington15. Serviu-se de um pouco de whisky sem gelo. Sentia as palavras se aproximarem.

O poema teve o nome de Amarelo Sideral.

AMARELO SIDERAL

"Nossos corpos,
Como conchas,
Moluscos,
Polvos,

Qualquer vida salgada e que sangre do mar

Mar de vinho,
Mar de licor,
Mar do suor viscoso,
Feito por nós

Amarro minha gravata que não tenho
Em seus olhos,
E apenas espero

Desfaço
Ao teu sorrir

Você,
Seminua

Sentada por cima de tudo o que tem fora

Seu pequeno coração magro
Amassando meu desespero de lhe tocar

Suas pernas que antes de nuas
Eu quase esquecera do nome
Plena, como harpa dourada,
Desenhada pela minha palavra mais molhada de inspiração

Seus pés, meus senhores,
A turbulência que preciso
Para que nossos segredos não sejam diferentes

Sei que não consegue me beijar sorrindo,
Mas para minha insegurança,
Eu não sei o que eu prefiro;

Seu desatar desta arca, lua
Para povoar meu palato insano

Ou sua alegria carimbada nesses dentes brancos
De menina avoada

Se soubesses, meu amor;

O cata-vento, aeroporto, horto-flavo
Inteiro feito da não resiliência, envolvendo meu corpo enquanto escrevo
Você,

Entenderia minha indecisão;
Entre boca, poema ou animal

Não é possível dormir sem escrever você,
Meu eterno amarelo sideral".

Por não estar habituada a vê-lo trabalhar, a fidelidade da máquina ao jeito experimental de Castiel a intimidaram. Pietra fechava os olhos, perturbada com barulho da datilografia. Uma lua cheia de um branco cegante dilatava o ângulo de céu que amparava sua janela.

– Que tal vir aqui!? – ela disse.

Nisso, o poeta falhava.

Deu mais um trago na bebida e se levantou, tirando a folha do rolo. Caminhou até a cama sem perceber a iluminação lunática. O beijo parecia piedade. Pietra ficou de olhos abertos a vê-lo. Seu rosto caía bem à luz da lua.

– Qual o nome do livro? – ela perguntou, medianizada.

– O Hospital de Papel.

– Pesado – ela disse, voltando a se encolher.

Repetindo o inócuo beijo na cabeça, ela se lembrava de Ubatuba;

"*Lá tudo era distante... Éramos apenas nós e o que queríamos ser... Vê-lo feliz me protege, mas até quando?...*"

Até às nove horas, a lua não agradava Pietra. Encerrando a datilografia, o poeta propôs:

– Vamos jantar?

"*O que o faz ser tão intenso?*", pensava mais alegre.

43

– No lugar de ser feliz, amar você?
– Sim, no lugar de sermos felizes, nos amarmos.

44

A família era revigorante para Pietra. Principalmente tendo uma relação comigo. Precisava ter várias maneiras de se revigorar. A casa de sua mãe andava como um pingente a bater em seu pomo perfeito de Adão. *"Moramos juntos, mas não moramos tão juntos assim".* Talvez fosse uma frase tatuada minusculamente em seu pomo, e que só eu a viesse. Talvez ela teria tatuado exatamente depois de termos nos conhecido; *"agora que sairei de casa, preciso então deixar claro que não saí completamente de casa."*

Me encontrar com Pietra direto de algum lugar não me dava a total confiança de que iríamos voltar para casa realmente juntos. E claro, em algum aspecto de que ela se irritasse moralmente com algumas de minhas atitudes "indesejáveis", dependendo de onde estivéssemos. Mas seus cabelos, se estivessem molhados, o que também era raro, pois parecia tratar desse mesmo *mal-dispor*; *"você não me possui, muito menos esse apartamento"*, pois, se estivesse com os cabelos molhados, isso controlava minhas atitudes "indesejáveis." Porque seus cabelos molhados eram um carimbo de que iríamos para casa, de que morávamos juntos, e de que também tínhamos saído brevemente para ir a algum lugar muito perto da nossa casa, e que logo voltaríamos para que ela terminasse de secá-los. (Pois não teria o porquê de ela fazer isso em outra casa a não ser a nossa). Seus cabelos molhados eram a forma de cabelos mais inteligente ao meu discernimento. Adorava passar as mãos entre os fios grossos, e depois retirar os dedos melados de creme e água. Como se a mistura de queratina e obsessão fosse uma clausula evidente de que *"você a tem, aqui e agora; você a terá, até amanhã e afora."* O que não acontecia com as mochilas. Ir viajar me dava a sensação de que Pietra não estaria do meu lado na cama do hotel, noite após noite. Sua mala me fazia esquecer quantos dias ainda tínhamos de viagem, e aquilo me afligia, pois estávamos fora de casa, e seu cabelo molhado, nesse caso fora de São Paulo, me colocava num extremo oposto. Como uma métrica retroativa; o cabelo molhado, a viagem e a mala. Parecia que Pietra poderia se levantar da cama a qualquer momento e dizer: "*Estou caindo fora*", e seria tão natural, que eu mesmo pediria o táxi a ela. Pensaria: "M*as é claro que você está indo embora, você tem uma mala, está com os cabelos molhados, e não estamos em São Paulo*". Parecia conhecer as pessoas, e não me falaria quem são, onde moram, ou de onde as conhecia. Mas fosse no Rio de Janeiro, Minas Gerais, fosse no litoral; Pietra parecia ter, a seu dispor, múltiplos carros ao redor do hotel, ou do restaurante, ou da praia. Carros apostos para Pietra, prontos para levá-la onde minha cabeça jamais seria capaz de imaginar. Ainda assim, lá estaria eu, pois tudo era óbvio, dizendo: "*Ah sim, você já vai, meu amor? Claro, quer ajuda com as malas? Querem ajuda com o carro?*".

Evidentemente adorava ter suas mãos cerradas às minhas, com os cabelos molhados e os óculos escuros. Os óculos escuros também a colocava numa defesa-introspectiva. Se não queria enfrentar os outros naquele momento, 'olho por olho', é porque também não fugiria de mim, precisaria do meu eu para enfrentá-los com ela. Sem malas, com óculos escuros e cabelos molhados. Uma combinação agradável de ter São Paulo, o vazio e Pietra.

45

Meio-dia. A aula diurna havia se encerrado. O vazio da rua e do CFC faziam uma melancolia inesperada girar sua cadeira para os lados. Tentava dispersar os pensamentos; Magali, o nome do livro, o beijo.

Pensou em seu pai falecido. Comparou como tudo seria mais fácil, com ele ali. Ela não lutava apenas por amor.

Tentando se distrair, procurava na internet assuntos aleatórios, como reportagens sobre conspirações, preços de calçados, cursos de barista, relatos de viagens a Perth etc. Tentou telefonar para Castiel, mas, depois de chamar algumas vezes, desistiu.

Fechou o computador e decidiu almoçar. Foi até sua sala e retirou as vasilhas da bolsa. O menu era o jantar de ontem. De sobremesa, pera.

O cheiro da comida a incomodava. Não sentia fome.

Comeu um pouco de arroz e ervilhas, nenhum pedaço de carne. Lavou os talheres no banheiro e voltou à parte da frente, mordendo a pera, ainda sozinha.

Telefonou novamente para Castiel que, na primeira chamada, atendeu. Não se atentou a que horas eram.

– Oi, amor – ele disse.

– Estava dormindo?

– Acordei há pouco, não te liguei, pois presumi que estivava ocupada.

– Voz rouca... – comentou.

– Que nada...

– A poesia te deixa com uma voz diferente...

– Com uma voz sonhadora? – perguntou Castiel.

– Acho que sim...

– Pena que você não está aqui...

– Pare com isso.

Batia com a ponta da caneta na mesa, ansiosa sem ter razão.

– Vou colocar um retrato nosso na minha sala...

Do lado de Castiel, havia barulho de panelas.

– Está com saudade? – ele perguntou.

– Queria apenas falar com você – respondeu, largando a caneta.

– Ontem foi ótimo – ele disse.

Não tinha sido ótimo, mas preferiu ignorar.

– No final de semana, podíamos ir à aquela livraria independente que vimos, ver se eles fazem lançamentos – disse ela

– Não... podemos fazer o que você quiser – respondeu.

Talvez Pietra quisesse ser a poeta. O CFC a apavorava.

– Eu queria ir à livraria, mas tudo bem – ela respondeu.

– Vou ao mercado mais tarde, quer alguma guloseima?

– Ótimo, não quero nada – respondeu.

46

Sua fixação por cafés da manhã fazia-a replicar todas as vezes em que ficávamos embriagados. A lista de alimentos que comeria na padaria; e talvez ela comeria o estabelecimento todo. Repetia com fome na risada, depois de transarmos, que a graça era a vontade do pão na chapa, por não poder ir até o local, por ser meados de três ou quatro horas da manhã. E ríamos pelas paredes, eu tragava o cigarro de pernas cruzadas, a observando narrar salivando o pedido, com os olhos fechados, afeiçoada por um sono gigante, depois da lista inacabada de desejos gastronômicos. Pietra imaginando que eu fosse o garçom e o chapeiro da padaria, e que pudesse trocar a estrutura dos lanches, dos sucos e dos cafés, e ela repetia o pedido do começo, e eu anotava na tomada de meus sonhos, e muitas vezes chegava a sonhar que estava indo levar, até sua mesa, a longa lista de pedidos dela.

"Eu comeria um pão na chapa e pediria um suco de laranja. Não, eu pediria um pão na chapa e uma média... Não, eu comeria um pão de queijo e tomaria um chocolate quente..."

Nós prestigiávamos a presença do outro. Era como chegar ao topo das bagagens fúteis, sentindo-nos cultos apenas por transmitir memórias. Pietra mudava, pouco a pouco, as mesmas histórias que já havia me contado. A casa enorme onde morava, a cabra que teve no quintal, o pequeno zoológico que era o jardim, a malemolência do pai como *business-man*, o mau caráter dos irmãos, a utopia da fazenda encantada. Seus olhos deixavam nascer pequenas lágrimas ao falar da saudade paterna. Sentia de tal modo como se tudo aquilo houvesse ocorrido comigo, e, de algum maneira, evocava aquela figura em mim, apertando-a nesses momentos no meio dos meus braços, assim como eu imaginava que ele faria.

Ela odiava o padrasto e, com o tempo, eu também passei a odiá-lo. Admirava sua mãe, por criá-la sozinha a vida inteira nessa situação de se reinventar neste ramo de autoescolas, e por ter sido uma fortaleza depois do abandono dos outros filhos do homem. Isso, inclusive, tirou algo que mesmo eu não cheguei a conhecer em Pietra.

E deve ter sido no quarto ou quinto encontro, exatamente atravessando a avenida Paulista de noite, descendo a rua Pamplona onde havíamos parado o carro, quando coloquei o pé na rua para então tomar o lado do motorista, que eu a avisei que lhe amava. Eu já a amava desde o estacionamento.

Me explicava em detalhes o quanto queria apenas ser menina. Levaria, como sol à eternidade, seus enormes olhos de jabuticaba, agradecendo por alguém estar, enfim, olhando-a para dentro.

Mas como tudo é retrógrado, o tempo e as metas inauditas, confundindo-nos aos simples prazeres de ouvir o pedido favorito de quem amamos da padaria, às quase cinco da manhã, o fuzuê-de-ignorância-depravada, de achar que tarraxas e ignições, absorvem os mesmos receios de "*pormaiores*", e o mesmo pavio-cordial-de-substâncias; a confiança de se findar no estopim da história pelos ares, o intenso massacre de achar que "eu te amo" tem de se transmutar durante uma relação. Ouvir como menina nos primeiros três meses, ouvir como mulher durante os três anos, e ouvir como uma celebridade moralista até a tragédia roer o resto dos anos. E esse praxe de maturação caiu sobre nós. A mulher crescida antes de me conhecer precisava voltar. Me cobrava com detalhes o quanto queria ser mulher.

47

Preso numa insinuação elementar (mão, livraria, beijo, sexo e jantar). Todos vindos de Pietra. Precisava de antojos inescrutáveis; a relação de ter o que precisa antes do poema arruinava todo o sabor. Tinha pânico de que a vida se aliasse aos seus passos seguintes, sem que ele precisasse escrever.

No quarto, ligou o ventilador. Jogou o maço de cigarros fora. Cobriu a máquina de escrever com uma camiseta. Entrou de chinelos no boxe do banheiro e tomou uma chuveirada fria. As gatas dormiam.

Seco e vestido, fechou as janelas, pegou a pequena estátua de coruja que brilhava na cabeceira e a colocou no bolso. Olhou o cantil prateado, mas desistiu. Deixou o ventilador na tomada, mas o desligou. Ao sair de casa, uma chuva caiu. Estava orgulhoso. Definitivamente não sabia que horas eram. Seu telefone tocou, Pietra novamente numa dicção ágil:

– Se cuide – disse ela.

– Você também.

Não quis parar para entender.

Chovia pesado, e o barulho de dentro do mercado era horrível. A falta de ventilação tornava o ambiente num calabouço. Ouvia-se fortes trovões e, nos vitrais do estabelecimento, via-se rajadas densas de raios caindo.

Por curiosidade, caminhou até a sessão de ventiladores e eletrodomésticos. Sem olhar os preços, murmurou ao ouvido invisível; "caro".

Ao passar na frente dos ares-condicionados, fez carinho no único que não tinha a cor branca.

Gostava do mercado, mas, sobretudo, de esquecer o que precisava comprar.

Olhava coisas em gerais ainda com carrinho vazio; pneus, equipamentos de esporte, materiais escolar. O planejamento visual dos comércios o agradava e, conscientemente, deixava-se ser levado.

Nos corredores de higiene pessoal, espantou-se com o preço dos preservativos; "ainda usam essa merda". Pegava os pacotinhos e, com os anelares, espalhava o lubrificante de dentro. Lembrou de quando ele mesmo usava aquela merda.

Depois de fazer uma visita sucinta e geral aos corredores, começou as compras.

Ração para as gatas, água de coco, pães, carnes, requeijão, abacates, chuchu, bananas, limões e, quando estava a escolher os tomates, a luz do mercado acabou.

Virou-se para onde ficavam os caixas, e as pessoas pareciam apreensivas. Julgava-os todos burros.

Tentou continuar escolhendo os tomates, mas, em razão do céu turvo que escondia as vidraças, não conseguiu. Precisava de luz. Olhou para o carrinho e cogitou abandonar as coisas.

Sentiu uma gota gelada pingar em sua cabeça. Olhou para cima.

– Está chovendo na sua cabeça – ouviu da voz de uma mulher.

Envergonhado, se afastou da goteira e dos tomates.

Viu outra gota vindo acelerada e caindo entre eles.

– Precisam colocar um balde aqui... – disse Castiel, olhando para o chão.

– Acabou de começar a chuva, você que se atrasou para os tomates.

Castiel olhou-a diretamente. Ficaram parados se encarando. Tinha olhos verdes, supôs que fosse estrangeira, escocesa ou húngara.

– Você pode me arremessar alguns?

Perguntou ele.

A mulher sorria, olhando os tomates.

– O que você vai fazer? – perguntou ela.

"*Te amar*", pensou ele.

– Como assim o que vou fazer? – retrucou.

Ela entendeu.

– De receita – respondeu.

Estava desvanecido.

– Talvez uma lasanha.

Ela colocou as duas mãos no carrinho e fez um sinal de avante, dizendo:

– Lasanha não se usa tomate.

Paralisando seu carrinho com a mão, disse:

– Eu sei cozinhar.

– E eu sou neta de italianos, veja lá ao que se propõe.

Estava meio certo, mas errou.

– Seus olhos não se parecem com a Itália – ele disse, separando os tomates.

– Você já esteve na Itália? – perguntou.

– Não...

Espreguiçando o dedo do meio de sua mão direita, a mulher o tolerava.

– Mas você acertou, a Itália é assim, diferente do que parece ser.

– Qual o seu nome? – perguntou, fechando o saco de tomates.

– Isabel.

Apoiou-se em seu carrinho, ofegante sem razão.

– Os italianos são melhores quando fora de seu país, não é mesmo?

– Por quê?

– Seu nome é brasileiríssimo, e sua fisionomia remete ao Novo Mundo. Você, inclusive, não deve gostar de massa e, no seu carrinho, vejo somente uma garrafa de *pinot francês* – observou.

– Parcialmente certo, de novo – ela disse, retomando a feição.

A goteira não parava.

– E você... o que é? – perguntou Isabel.

Ele não se lembrava.

– Agora eu só sinto calor... – respondeu.

– Quando havia luzes, estava pior, mas você com este casaco, que inclusive tenho um igual, não se ajuda.

Pensando em quem era, uma criança entrou na frente de Isabel, entre sua barriga e o carrinho, bramindo alto, estipulando algo sobre a caixa de cerais que estava em suas mãos.

Tentando entender a situação, as luzes voltaram.

– Ela não costuma ser assim – comentou Isabel.

"Isso deve ser verdade", pensou.

– É sua filha? – perguntou.

A Itália estava constrangida por ser livre.

– Sim, é minha pequena – respondeu, colocando-a no colo.

– Qual é o seu nome? – ele perguntou a menina.

A garota grunhia, mas não falava.

– É Helena, mas ela gosta de ser chamada de Batman – falou a mãe pela filha.

Castiel a imaginou de Coringa. Sentia-se ainda mais quente. Ainda queria conversar sobre o que não parecia ser, mas a luz estimulava o poeta brasileiro a se manter fechado.

– Eu gostava do Batman – disse Castiel, argumentando em desalinho.

Balançando Helena no colo, Isabel sorria dizendo:

– Assim como gostava da vida, não é?

48

Fantasiar-se para as crianças. *"Sou alguém que não se incomoda com o mundo"*. Poesia acima do mal-estar. Sinto a vida mais impossibilitada que a literatura. Sem metade da vida talvez escrevêssemos o dobro de livros. Quem quer os livros na infância? A literatura é alguém imune de culpa. Caminha tarde, elucida, e não se preocupa em pisar de salto alto, por cima do esboço das relvas. Espiando a verdadeira mentira que a própria verdade quer dizer. Monótono arranjado; a rua não pede saliva. Por que chamar de casa, um lugar onde não morro? Por que marcar encontro num ambiente sem febre? Centrar a companhia no devoluto, quando a consumação de nomes embarga as retaliações. *"Mas nós não dissemos que ia ser assim"*. E a quem a poesia resolveu trair hoje? Uma folha carrega a cisma de que não existe. Para que usá-la em percursos-serenos? E ao que disser *"eu queria ter sua vida"*, conte que palavra usou para finalizar o texto de ontem.

A ignorância do poeta evitando estender a mão. Mas a solidão zera as amenidades do acordo com as adoções-de-casas-antigas. *"Onde você mora?"*, *"Você tem certeza de que me enxerga?"*, *"É claro que eu te enxergo!"*, *"Em que amor estamos?"*, *"Nós casamos não tem cinco minutos"*, *"Perfeito"*. Vesúvio. *"Mas eu a amava, eu apenas escrevia para outra"*. A sessão de terapia para o casal de poetas. *"Em que verso você assumiu a traição?"*, *"Eu não assumi nada, ela que presume isso"* *"E a senhora fez um livro com nome de Adultério-Direto, por qual razão?"*, *"Meu nome tem dois 'Ls', eu desconheço essa autora"*. O problema das opções é a influência do "S". O que vem sozinho talvez seja certeiro. O "S" é um grande vaivém. Mulheres com a inicial "S". Eu não sei.

49

Homens penando ao achar que espelho não é boca. Mulheres penando, achando que boca não é espelho.

Se a mulher mandasse o homem calar a boca, talvez teria o que pede ao espelho. Se o homem desse de presente um grande espelho para mulher louca, talvez teria inteiro o que sai pela boca. A cada um cego, dois deleitam-se. A cada dois cegos, três deleitam-se. O quinto elemento. O observador; a poesia, o escritor. Para onde vai o reconhecimento de si, no gemido arrastado ainda dentro da roupa? A percussão que faz as gotas, vindas das velas de um velório colérico. Colocar um de molho, enquanto se prova a habilidade do mosteiro.

Essa coisa de não ser fácil beijar na boca, prematuramente de olhos fechados a próxima pessoa, ainda fará muita gente conhecer o amor. Mesmo que não seja a esmo. O observador-pirateado de uma quinta-maneira. O que é que alguém faz com o amor do outro? Quando o cheiro de estranho cai feito vômito da boca? De quem é a culpa? De quem se risca as linhas do texto, ou de quem se entrega o poema para alguém sem boca? O quebra-cabeça de ponta-cabeça, jogando pedra, machado e tesoura no meio do exército sem roupa. No raio-laser, o que mostra? Dos tendões, saem buquês; das mulheres, a colher de chá. Todo beijo merece uma espuma. O que irá colocar por cima deste flerte? Quanto mais de versos cabe nessa mesma canoa? O que muda? O que dentro de mim ainda resta de pessoa? Quem me levará para longe daquilo que prego ser indispensável? A vida ligada ao amável, o amável ligado ao espelho, o espelho pedindo a mulher, a mulher se perdendo com a boca.

50

Pietra olhava para frente, e a chuva não parecia preciosismo da parte dela. Querer abandonar o jeito que dependia de dinheiro, ou o jeito de não ler poesias com verdadeiro contraste da boca. Não parecia errado enxergá-lo como ela. Queria ir para casa, e apenas chamar Castiel de amor. Ele entenderia, e também a chamaria de amor. Cada vez mais, até que fizessem amor, e depois ficassem de amor, e depois dormiriam de amor.

A possibilidade começava a ter seu sujeito.

Lembrava das manhãs repetidas em que saiu atrasada sem realmente estar. E desses erros, redobravam sua aflição. Tinha um tonel de pólvora diante dos braços. Lembrou dele dizendo *"você podia escrever às vezes, ao menos quando pensa demais"*. E pensou em escrever alguma coisa, alguma coisa em qualquer papel, apenas para fazer o tonel de pólvora explodir antes do abraço que lhe daria ao entrar em casa.

Faltava menos de um hora e meia para ela ir embora, e a chuva apertava cada vez mais. Dois alunos que chegaram mais cedo já estavam sentados no sofá preto, esperando pela aula. Como nunca havia feito antes, os observava. Tentava adivinhar o que eram para além dali, para fora do CFC, o que faziam de suas vidas, e como eram seus rostos enquanto não esperavam pela aula naquele sofá.

Os trovões surgiam devagar, o eco de seus medos pareciam tomar o céu, e aquilo claramente não tinha a ver com Castiel. Não gostava de lidar com problemas na frente dos alunos, e as luzes ameaçavam falhar. Sem sistema, a aula noturna teria de ser adiada.

Um raio grosso e palpitante relampejou próximo à fábrica em frente. O telefone tocava e, antes que pudesse atender, as luzes se apagaram. Pietra teve vontade de chorar. Seu corpo todo pegava fogo. Um rapaz de capuz todo encharcado, não identificado como aluno, entrou sorrateiramente pelo CFC lhe perguntando:

– Você pode me emprestar o telefone?

Olhando-a nos olhos, ele retirou o capuz, ainda a encarando. Pietra estava rendida. Não havia intensidade alguma entre seus olhares, mas também não havia medo algum em sua voz. Os alunos não o perceberam. O telefone tocava em cima da mesa. Ao notar que ela não responderia, o rapaz se virou para ir embora, mas, quando colocou o capuz de volta, ela respondeu: "Não", sendo incapaz de ser grossa.

O desconhecido não olhou para trás. Curiosíssima, mas sem tolerância, pôs-se a se adiantar. Recolheu suas coisas, fechou sua bolsa e foi ao banheiro a última vez. Finalmente, viu Magali chegar. Deu boa-noite, mesmo que não fosse noite em Brasília; agora, exageradamente ríspida, para compensar.

Faltava muito pouco, não queria mais surpresas.

Separava as listas de presença em papéis reservas com o apoio da lanterna do próprio celular, quando ouviu a voz de sua mãe, entrando pelo portão. Tinha uma expressão de mágoa e palidez profunda. Carregava uma vasilha de tampa rosa desbotado e, assim que se olharam, as luzes voltaram.

– Podemos falar rapidinho – disse sua mãe.

– Claro – ela respondeu, entendendo que não era assunto para todos. Talvez nem mesmo para a luz.

Foram até a sala. Ela se sentou em sua poltrona, e a mãe na cadeira fria e enferrujada a sua frente.

– Diga... – disse Pietra, colocando os cotovelos sobre a mesa.

A mãe, sem delongas, adiantou-se:

– Sob comando do nosso novo presidente, acaba de entrar uma nova petição ao Detran sobre uma lei que moderniza os processos de retirada das habilitações.

Ela parecia sentir dois mundos paralelos dentro de seu ventre. Seguiu ouvindo a mãe:

– Essa lei determina que, a partir do ano que vem, toda a parte teórica exigida aos condutores passará a ser online. Ou seja, não presencial. Ou seja...

– Nós vamos fechar – completou Pietra.

Afirmando com a cabeça, a mãe perguntou:

– Castiel está em casa? – o que queria dizer, "não chore aqui".

– Está – respondeu.

– Conversamos melhor depois, mas estou tão arrasada quanto você… Vim te contar, pois não era justo esconder. Filha, eu te amo.

Ela se esforçava para não chorar.

– Isso aqui é torta, sua avó quem fez – disse a mãe, entregando-lhe a vasilha.

Sem visão, esperou alguns minutos na mesma posição na poltrona. Ao ouvir o carro da mãe partir, pegou o resto de seus pertences e se levantou. Queria apenas Castiel realmente em casa.

No corredor, Magali tinha as mãos na cintura e exclamava;

– O sistema não quer abrir!

E sem raciocinar, rebateu:

– Foda-se!

51

Nenhum ser humano impedirá um eclipse. Como nenhum ser humano preverá se alguém está a ultrapassá-lo para destruí-lo. Onde estão os pilares de escolha, de modo a se livrar daquilo que o fará retornar dez casas de onde se esteve? Em que zona mais clara do que a alma que se sacrifica para um poeta prosar estão as surpresas-mais-que-bélicas? Onde caem as lágrimas das estrelas expulsas por nós? Onde choram as lembranças das pessoas sem alma? Onde choram as criaturas que preferiram saber o que tem além das criaturas?

Qual métrica de seguir em frente é mais fiel à cooperação alusiva do silêncio? Pois deve-se crer: há alguém torcendo por nós, perto ou não, alcançando-nos além de quem nos devora.

A cobiça de um cristal incolor a explodir entre a íris de um animal e um amante desmembrado. Que desenhista está a retratar tudo isso no mural-onipotente, onde as energias desreguladas podem escolher o próximo destino a se desenfrear as imposições castradoras?

O perigo de ter sucesso na fuga. O sótão a guardar as juras fracassadas escritas pela noite. E que marca está ao redor do olho, sobre o receptor-de-paletas-irascíveis, que alimentam essa cultura de romper com os edredons predominantes, já faturados?

Qual o homem que se adiantou em manusear a postura de um silêncio não completo, para receber a mensagem reflexiva da pessoa próxima? Quem criou a pergunta?

O corpo, a alma, a maldade ou o prazer? Quem mais precisa de perguntas, dentre eles? O que se escreve? Ou, o que se desconhece de um pseudônimo como Roberto Caeiro? A quem se deve ser revelado o absoluto? Ao homem deitado que não levou jeito com cronômetro? Ou àquele fantasma de vidros-fechados, tesoureiro das porcentagens dos meses, aos radares ao longo da Urca? Os jeitos de se conhecer as diversidades são pelos pesadelos. Em frente às ruas, todos pedem por saúde, dinheiro e felicidade. Em frente ao espelho, o predicado segue o mesmo; sexo, livramento e até o fim do terceiro mundo.

52

Amarrar as últimas linhas ao redor do ventilador, e arrastar. Descarregar. As latinhas por de trás do carro, e como isso seria bom, se fosse apenas cena de casamento. Ou, ao menos, as páginas adoráveis escritas de que "a vida é a porra de um livro" não estarem logo aí à frente. Enfim, se fosse uma cor, cor essa nova, eu diria vermelho, mas também amarelo. As cores que não são você, e que estou aprendendo a torná-las como eu. Os guardiões das portas, onde ficam os caminhos da vida, estão indo se deitar cientes de que eu irei passar e fazer o que eu quiser. Última vez. Talvez me confiem, porque quando você não acredita, e se abdica do amor, deve se tornar um deles; um guardião para fora das vidas que ainda querem o amor. Para cada porta, há um livro de nós. O tablado fofo que, pelos equipares favoritos das causalidades mundanas, existe. Voltando apenas a fazer parte dos amigos. Os amigos que não têm amores, os amigos que trocam favores, os amigos que mergulham no vinho sem idealizar como seria minha cama.

"Mas você escreveu tudo isso à toa? Para depois dizer, rasamente, o que sempre foi dito; de que passa, de que vai passar, e de que está passando, ou talvez já tenha passado?"

Infelizmente. Começando as frases com *"mais ou menos"*, tudo acaba conseguindo ser. Felizmente, não foi à toa, e foi lindo, e eu faria tudo de novo. A menos diante da previsão de até agora (enquanto o livro ainda não foi publicado), ela não voltou.

E não que ainda não irão se agitar; Barcelona, as touradas, as muralhas, os titãs, a Bósnia, as frente frias comprovadas de que, dentro das cirandas, as ciladas-previdentes não entram. Não que eu ainda não vou te sonhar pelas paredes da Europa, de que toda minha vida pudesse ser com você, e que não irei agradecer, se eu apenas estiver com este livro no braço, ou de que eu não vou aproveitar para começar outro livro em que você não levará a maior parte da loucura dos meus personagens, ou que também possa, sim, levar o mínimo de um coadjuvante tolo porque, acabando de pensar, você já está fazendo isso.

Eu sou um ser humano pertencente do que seu espírito veio fazer. Eu serei o que você é, mesmo, às vezes, não lembrando de você. Mas nas enchentes, segurarei melhor a chave do carro. No amanhecer, sempre tirarei uma foto do laranja. Na estrada, cerrarei os lábios olhando os cafezais. Em Ubatuba, não voltarei mais. E para um tanto de coisas, eu vou ter mais cuidado. Quanta coisa se torna crescente, pelo simples desamparo de não ter quem lhe ensinou aquilo que, se caso fosse somente você, jamais haveria de ter nascido.

Obrigado por me ensinar a agradecer quando não estou escrevendo, logo cedo. E se os velhos confiam em alguém, esse alguém com certeza é algum poeta. (O problema é se isso ficar, ficar e ficar. Digo: beijar a cabeça da gata e perguntar alegremente; "mais uma vez?", como se soasse igual sorte, invocá-la sem limites para a literatura. "Mais uma vez, mais uma vez, mais uma vez? Isso pode ser que não pare, mas tem de parar, ou então deverei torcer para a gata me abocanhar). Mais uma vez?

53

De um vulcão, nascem flores, mas apenas ao poeta que bramir sob a luz de um poema solitário "a vida é instintivamente melhor, melhor e melhor!".

a vida é a porra de um livro um livro é a porra da vida a vida não é a porra de um livro a porra do livro não é a vida um livro não é a porra da vida a porra da vida não é um livro um livro não é a porra da vida a porra do livro não é a vida a vida do livro não é a porra a porra da vida não é um livro um livro não é a porra da vida a porra do livro não é a vida a vida do livro não é a porra a porra da vida não é um livro a porra do livro não é a vida um livro não é a porra da vida a porra da vida não é um livro a vida não é a porra de um livro a porra do livro não é a vida um livro não é a porra da vida a porra da vida não é um livro um livro não é a porra da vida a porra do livro não é a vida a vida do livro não é a porra a porra do livro não é a vida um livro não é a porra da vida a porra da vida não é um livro a porra do livro não é a vida um livro não é a porra da vida a porra da vida não é um livro

54

Na volta do mercado, sem luz, sem humor, sem corujas ou tomates, ludibriado pela italiana, encontrou cartas espalhadas no tapete da porta. Nem sinal das gatas.

Lendo as cartas, que eram contas, subiu para piscina acendendo as luzes. A chuva tinha a feito quase transbordar, mas, mesmo com algumas folhas em sua superfície, a água parecia ótima.

Despiu-se de toda roupa e saltou com impulso até o máximo do fim que pôde.

Dentro, o mergulho era tão leve e esverdeado quanto o comum. Queria beber mesmo com cloro a sensação que encontrara.

Assoviada o ritmo de "Águas De Março", mesmo sendo quase junho.

Boiando ao redor da piscina, alguns minutos depois, avistou Pietra entrando pelo corredor que desembocava na escada.

– Entre! – exclamou ele.

Ela o olhava, muda, com cenho histérico. Sua íris nervosa parecia cristalizada.

– Venha cá! – repetiu ele.

Mas já de joelhos, o máximo que conseguiu chegar foi ao chão. De tão pesada por seus medos, a menina que jamais se apresentara chorava.

Castiel, cortando a água até a borda, pensou que alguém havia morrido. Pensava no enterro, na documentação, no luto. Tocava-a nas costas com as mãos molhadas, completamente nu.

– Não se preocupe – adiantava-se antes das perguntas.

O oval de seu rosto estava dissecado. Era como olhar demais para uma foto até ela se estagnar.

Abraçados, no único lugar da casa sem teto, e mesmo assim sendo forçados a pensar que a poesia e o acaso desabavam sobre eles, ambos choravam, vulneráveis.

Ela apertava o pescoço contra o queixo, suando abundantemente, e ele tentava impedir, colocando as mãos entre sua pele que se machucava.

Logo uma garoa fina, quebradiça, sem arte alguma, encaminhava-se para o terraço. A falta de alento sobrando aos seus pés. Castiel precisava transpor algum controle das emoções bilaterais, mesmo que se esquivando imperfeitamente. Após uma fotografia máxima de fraqueza, obtendo coragem para se levantar, ergueu-a, confuso. Pietra, mesmo para chorar, se via nas horas.

Isso a fez esmorecer ainda mais. (Sabia exatamente quando iria parar). Queria perguntá-lo como era o mundo, a quais linhas encantavam seus dedos, seu zelo, sua inodora causa de atravessar as correntes em seus interiores. Nada gerava efeito.

O capítulo que nunca chegava, chegou.

55

    Está a passar pela última dor. Dor essa que leva, durante três minutos, ao elixir, ao reviver e à morte. Está a passar pelo clipe-da-vida, com o único direito de sofrer. Está a posicionar as próprias vigas, as próprias proteções, os próprios cartazes-antibomba. Está a passar por uma dor que não gosta da cabeça, mas, por parar na garganta, acabará com a cabeça. Está a deitar a cabeça de um jeito tranquilo e, pela cabeça não ser tranquila, se levantará em muito pouco. Está a andar com os passos lentos e, pelo medo não ser lento, acabará correndo para os braços da lua. Saíra escondendo a cabeça, mas, pela cabeça sempre se esconder sozinha, cairá num lugar ininterrupto. Se preocupará em ver grandes círculos, mas, pela noite funcionar com triângulos, se sentirá um pequeno quadrado e começará o poema. O poema virá confuso e, por estar correndo da confusão dianteira, entregará o poema de volta ao amor da lua. A lua perguntará onde está a outra pessoa e, por saber onde está a outra pessoa, acalmará aos poucos a própria cabeça. Tentará de novo se entregar ao sono, mas então lembrará que não está mais deitado na cama. Voltará andando sem sono para lua, olhará clamando de volta o poema, mas, por já ser de manhã, não saberá onde está a pessoa. Rogará pela pessoa, arrancando a cabeça, mas a garganta soltará um grito desumano, sozinha. O grito pedirá para que pare, para ir urgentemente repousar outro sono, mas o dia mandará a cabeça para cima, e acima estará ainda a dor da rejeitada lua. Entenderá o porquê de o livro pedir para se chamar A Febre do Exagero.

56

Pietra nunca havia falado "escreva por nós", e era um bom momento para apostar nesse pedido.

Na sala, sentaram-se no tapete e, com atavio recomposto, ele delicadamente perguntou:

– O que aconteceu, pequena?

Engasgada com os soluços, ela encontrava ar para notícia.

– Nós vamos fechar.

Finalmente sentiu sua dor como dele.

Desvencilhando-se de seus braços, ela endireitou-se, inspirou e disse duramente:

– O CFC irá fechar. Fui avisada hoje pela minha mãe. Graças ao nosso novo e curiosíssimo governo, que irá tornar a fase teórica das habilitações em ensino à distância... Acabando assim, com a minha primeira conquista independente como....

Voltando a chorar, o resto da frase indispôs-se; mulher.

Ouvindo a palavra engolida, disse:

– Acreditar no processo, se lembra? – trazendo-a de volta para o seu corpo.

Ela fazia sinal afirmativo, tossindo gravemente, até que se levantou para ir enxugar o rosto no banheiro.

Não sabia se, naquele instante, o óbito era melhor que fechar as portas.

Pedia perdão mentalmente pelo que pensara no mercado. Mais do que leitores, ele queria uma família.

– Castiel – ouviu-a chamando.

– Estou indo – respondeu.

Quando chegou no quarto, Pietra tinha a pele nítida, reluzente de suor, mas opaca. Pegou-lhe as mãos e o levou até o banheiro.

– Junho será um mês complicado – ela disse, conduzindo-o.

A privada com a tampa aberta tinha seu futuro filho esperando apenas pelo adeus do pai. De perto, era como se houvesse uma falha. Uma pausa na continuação dos átomos que formavam a vida, Pietra e ele.

O óbito era definitivamente pior que fechar as portas.

– Isso tudo vai se ajustar. Dizia ela, escondendo outro choro em seu ombro.

Ele mesmo não exigiu que falasse.

Recolheram-se para o quarto, Castiel tampou os ouvidos enquanto ela dava descarga.

– A febre – murmurou.

Pietra sentou-se de seu lado, passando as mãos em seus cabelos como uma mãe sem filhos.

– Ei, amor, nós temos de acreditar no processo, tudo bem?

Pálido, respeitou-se apenas em ser.

"Um aborto espontâneo", só pensava nisso.

Passaram horas ali, juntos, endurecidos, sentados sob o final da linha. O sol amargo entrava pela veneziana.

De olhos fechados, Castiel percebeu que, em nenhum momento, havia corrido, mas que também pouco adiantava.

– Eu te amo – ele disse, do nada, rompendo o acrílico amaldiçoado do quarto.

Sem resposta, abriu as pálpebras procurando por ela e, antes que enxergasse o ventilador, ouviu-a dizer saindo pela casa:

– Eu trouxe torta de frango.

"Quem será o culpado da farra?"

Castiel Culpado

Trovões

57

O visceral acaba. Todo poeta acaba. Enquanto a procura do mundo é pelo o que tem dentro do mundo, ela acaba.

A praia acaba. Os lábios acabam. A inércia acaba. Os livros sobre romances que acabaram acabam. O almoço acaba. O resto de areia no tapete do carro acaba. Só o medo que não acaba.

Querer estar à frente do que o 'escrever' quer falar e, ainda assim, me manter nas partes não escritas. O que tanto não foi dito, que pode ser inédito, mas ainda assim oposto ao fio fluente das mãos? Minhas novas mangas, além de sensatez, me pedem três vagões para cada parágrafo. Escrever correndo faz o livro se abrir ao passado. *A velocidade nunca foi para frente.*

Para que o medo acabe, o parágrafo não pode ser um camaleão. *"Uma semana escrevendo como o outro, outra semana escrevendo para você, o que tanto será escrever como eu?".*

Manchete do dia 33. "O relatório de uma agência de segurança relata que policiais cobriam um evento da exposição paleolítica, 'A ligação entre o homem o amor', quando canibais armados tentaram invadir a confraternização. O exército de seres-estranhos bradava um rito lucífero de idioma desconhecido, repetidamente. Mais tarde, ainda na mesma confusão, um protesto agressivo se acometeu no portão principal, a comando de índias que carregavam nos ombros uma espécie de tumba ancestral, dizendo que precisavam imediatamente enterrar o corpo junto ao suposto autor que reverenciava o fim do universo, vulgo o mesmo escritor que lançava seu novo livro numa das butiques no fundo da exposição, cujo título era: 'Por que então do fogo?'".

Quem fez este livro? O mesmo que faz todos os outros, o tempo. Quem arruinou este livro? O mesmo que começou a escrevê-lo, o escritor. Quem de igual me renderá na calçada para dizer profundamente o quanto minha obra esclareceu a liquidez dissociativa de uma avenida sem buracos, a tristeza risível de uma lousa rabiscada com a fórmula de *bhaskara*, o aliciamento de um berçário adotivo, etc-mundi? O que mais de amargo será visto como doce, depois que estas palavras estiverem livres para me arruinar?

Se transo aos trajes, e quando sangro catarses, me despedindo de certas mulheres, me despedindo de antigos nomes, ictos-capítulos-bubônicos, descendo as amígdalas desta metamorfose carente, não é puta, é acidente; me sentando na escrivaninha de um puteiro, roendo a origem do próximo cliente, banhado em perfume barato, para agradar a própria agonia de não ter convencido sua mulher de que a falta de palavras, e a sobra de reuniões, eram as melhores noites para aquelas pernas movidas a proteína e escárnio. Caçando o papagaio e o colocando em cima do lustre, pois apenas a iluminação não me ajuda, eu preciso da falácia, do imundo, do impulso acobertado pela pressa, o trote fulo das almas envelhecidas depois das feridas. E quantas feridas se fecharam na ilusão de um descanso, de sete ou quinze dias? *Andar de lancha por duzentos, caminhar nas dunas por quatrocentos, e aprimorar a ventilação dos nervos, ao autoconvencimento de que nada daquilo foi por um quase AVC.* Mas pode abrir a porta, eu vejo o patrão e a puta foderem, quero apenas meu poema sobre o suor de pele desta profusão. O gemido enjaulado, o sobrepor da matéria, o poder fajuto sobre uma mulher desalinhada à poeira do solstício solar, lunar, literário e sanguíneo. Mas corresponde porque é profissional, ele goza porque é um porco. O escritor deve ser um porco profissional por inaugurar a nova forma de esclarecer ao futuro redentor de toda essa barganha usurpada; "Primeiro, você enxuga os testículos, depois você começa acreditar em Deus e, quem sabe antes do inferno, escreva alguns poemas".

Me deixe apenas comigo, com um sobretudo do mais pobre, me divertindo a falta de ar, de ser somente alguém. Me deixe conduzindo as fibras caóticas de dentro da fome, de ter um nome anunciado em cada painel de propaganda, de um canal aberto aos folhetins de padaria. Me deixe comigo, vestindo a cueca como calça, calçando os pombos nos pés, arremessando meus poemas nas janelas abertas dos carros. Me deixe comigo, tão mais tranquilo quanto a inconveniência de ter que me alertar sobre a nova intolerância fascista. Desfilar por cada poste, cada cais, cada sombra dos bairros mais inocentes e longínquos do drama. Me deixe indefinido, leve de mim o sobretudo, os pombos, o vinho. Me lavarei em alguma fonte às quatro da manhã, e atravessarei para o outro lado da ponte, para dormir satisfeito com os alienados da vórtice externa.

Não sabe como é debater sobre o ódio entre os mendigos, e os verem tendo colapsos hormonais, pedindo-lhes que enfie os dedos em sua bunda. Me deixe. Apenas passe. Posso limpar a merda no papel do último poema. O último poema é o mais desagradável. Além de que, perto desses mendigos, não passamos de punheteiros entediados que colocam a avareza como desculpa para a falta de talento. Me deixe, praticando meus exercícios de soletrar os nomes dos aviões que não voam por dentro das paredes, dizendo que posso enxergar todos os meus destinos, enquanto os desvairados me cobrem com o mesmo cobertor que escondem o crack, sussurrando entre eles que acabaram de conhecer o famoso "rei dos búfalos".

58

Moribundo. O rato. O passante sem nome. O trágico. Augusto. Renzo. Jep Gambardella. Os que não vêm, e dizem que não vêm, e não vêm mesmo a serem grandes. Mas querem seu devido poder. O poder de épocas, o poder imanente, o poder imantado. Avisar o de sempre, com a arte de ser louco. *O arqueólogo, o filósofo, o jogador, o comediante, o poeta e o escritor, seguem ainda em despreparo para o trajeto da savana.*

O saber. A quantos quilômetros de mim? A quantas estadias à frente? O saber. O que fazer de mim, para que eu saiba que nunca a terei? O saber, alimentando a lenda de que um dia os pormenores serão livres. Mas hoje eu estou apenas a escrever; deixo para as cobaias os motivos de salvar o mundo. Mas hoje eu estou apenas a escrever, deixo para os puritanos essa crença de salvar o mundo. Mas hoje eu estou apenas a escrever, deixo para você essa ousadia de querer salvar o mundo. Mas hoje eu apenas escreverei, deixo para o mundo essa coisa de salvar o mundo. Mas hoje eu apenas escrevi, não quero saber de quem quer salvar esse resto de mundo. Mas hoje eu estou aqui e, daqui a pouco, pretendo escrever, porém não param de dizer que eu acabei de salvar o mundo.

Gosto de profundo, melancólico, filósofo. Gosto mesmo. Mas o que eu mais gosto é de ser honesto. Sou honesto com o pandemônio e honesto com as alusões. De Deus não escuto, "de nada." Então padeço, permaneço, distraio. Vá dizer "os andares andam em regresso", vá dizer "os andares não foram bem desenhados"; vá dizer qualquer coisa desse tipo, enquanto toca algo desse outro tipo; música, som, eco. O mesmo "dizer" vira isso, "assim fica bom", "é isso mesmo", vá dizer qualquer coisa com a correnteza cheia de nébula, vá dizer.

O ralo da pia se enche de grãos, se enche de cascas, se enche de patê de gato. O ralo da pia provoca uma incandescência no sabor de ter uma casa. O ralo de uma pia e o poder de implantar a vontade de pobreza. O ralo da pia e a inveja da tia pomposa ao moribundo, ao rato, a cambada do primeiro parágrafo. O ralo mantendo-se de herança. *O esquema tem de ser trágico*. Um cortiço no bico da garça. Essa troca de epifania e distopia, metade marrom e metade nude-*andáril*.

Talvez eu, Gullar e aquela éclair saibamos. Talvez os padres, os narcisistas e as guilhotinas também saibam. Talvez o Ademir da Guia, Picasso e Mozart tanto quanto. Eu não sei desses que sabem, mas os que não sabem, que se cuidem. Porque nas pernas estão a mecânica do corpo, mas o cérebro não espera as perguntas. Cliente entra, cliente quer, cliente pesquisa, e você sabe. Tem de saber. Afinal, você está para ir ou você já chegou? Interrogações à destreza, o brunch regado de banha e toucinho. Rechear o talento, *inacabar* o pressentimento de empenho a uma execução não muito bem contestada. "*Terei que aprumar o exército de 15 dias, porque o panorama dos juízes achados por uma boa leva de contatos não tinha conhecimento da minha pressa.*" Um romance a rir à beça. Um romance a enlouquecer a farsa. Um romance a atingir o irreproduzível. Capítulos de quando estava morto, capítulos de quando estava vivo. Porque eu quero te levar, diria "sim, Pietra", mas a essa altura, senhor de todos os tratamentos aqui dirigidos, acredito que, mesmo no singular, o vocativo dos sinônimos (plural) possa caber na sintaxe espremida de nomes. Digamos "Pietra", então todos imaginam "ele está se referindo ao livro, a Isabel, ao caralho que for".

Talvez Gullar saiba. Essa coisa de poder ter o infinito a cada página branca. Então não é bom parar, principalmente se o infinito for uma espiral. Trago o Gullar para cá, e com os outros faço o mesmo. Como expliquei, há pouco, com Pietra; ou seja, quando citar "Gullar", todos pensam "pois bem, ele está a falar de Mozart, Picasso, Ademir, guilhotinas, narcisistas éclair etc-foda-se". Também notar o bom desrespeito com os padres, a não deixá-los na brincadeira de contemplar o movimento. Mas é dessas coisas que talvez alguns saibam. Com os objeto girando não se pode parar. Se há de existir a frente, vou tão mais à frente quanto os músicos que pintam a cara. Tocar de fora, tocar no palco, tocar no piano, no *backstage*, tocar por cima dos seios da garota que arranca a calcinha e joga na cara do vocalista. Eu vou escrever até onde der. A inércia de uma própria relíquia é a depuração do seu próprio cadáver. Meus afagos contra-sistema, dispondo da loucura de Pietra. Não há Pietra ou Gullar que lhe renove.

(Mas o que a éclair e os cidadãos em geral têm a ver com essa parte? Nada. Exatamente porque, em vida, precisa ter sentido em tudo. Assim como não faz mais sentido sentar para ler um livro, quando se tem uma ferramenta com uma pequena aba, em que você abre por meio de hashtags e, de súbito, se tem acesso a fotos sensuais de todas as mulheres que você já descabelou o amigo quando era mais novo. Não há mais sentido em satisfazer as manivelas eruditas infrequentes. E seja nesta parte ou em qualquer outra; Gullar, éclair, eu, Picasso ou Ademir, não precisamos estar na agenda de ninguém, pingando os ossos e sendo atrelados a abdicações da língua portuguesa. Um autor na sua decadência de laços prematuros, vingando a impertinência da vida dentro de um atentado desgovernado contra o futuro das cláusulas de seu estômago. E finalizando o espectro medíocre das garras a atribuírem conhecimento para bílis literária: hoje, eu estou verdadeiramente morrendo de febre. Melhor? O amor vale quantos livros? Ou quantos livros cabem num único livro de amor? O veemente, o monopólio ou o prosaico. Estande integrada às virilhas dos que falam a verdade. Está para lá dos montes ou ozônio. Da minha vida, as palavras não sabem, mas do meu querido prazer em mentir, a vida inteira irá presenciar.

Andáril: infinitivo onírico de andarilho.
Inacabar: distorção adverbial de inacabado.

59

"Pelo menos, no passado para sempre". Castiel repetia essa frase, quando sua realidade *estrógena* batia contra a manhã. "Pelo menos, no passado para sempre", uma segunda vez, e decidia se virava-se para a falta da cama ou colocava os pés para a falta do chão.

"Pelo menos, no passado para sempre". Olhava a sanduicheira estupidamente fazendo o mesmo barulho que fazia quando Pietra preparava-lhes o queijo quente. "Você me odeia", interrompia o mantra-tântrico-sazonal.

Subia até a piscina, que estupidamente não se sujava, sequer uma folha a mais da última vez em que Pietra o tinha convidado a entrar. "Pelo menos, no passado para sempre." Engolia o café, projetando suas pernas para cima enquanto mergulhava sem ele.

Na revista virtual, abriu, sem pensada escolha, uma coluna escrita *"Férias-recreativa"*, feita por alunos do último ano do curso de Psicanálise.

"Pelo menos, no passado para sempre", repetiu mais uma vez, avaliando, se deveria ou não, ler pelo interesse impulsivo que sentia quando lia o termo *"Freudiano"*.

A matéria, estupidamente escrita, sem preocupação se ele estava ou não com Pietra, dizia o seguinte;

"A terapia tradicional, aquela cuja função é não tratar o paciente ou ainda quando puder, deixá-lo pior, consiste no desenvolvimento inconsciente do ser humano para as pulsões mais temidas de sexo e de morte. Fazendo assim, de pouco a pouco, os medos entenderem que não possuem nenhuma culpa, ao proliferarem mais medos, pois, às vezes, esses medos não conseguem refletir nos medos anteriores, por serem medos muito maiores que os primeiros. Os que chamamos de 'medos-corajosos', por não compreenderem antes A filosofia final, que o paciente ressalva ao ciclo de consultas…"

"Pelo menos, no passado para sempre", repetia sorrindo, pensando que os estudantes de Psicanálise podiam lhe fazer encontrar alguma resposta do motivo de continuar com a diminuição das memórias dolorosas e a diminuição das comparações desoladoras que surgiam, entre ele e o possível novo-idiota-de-Pietra, por toda parte.

Continuou lendo o artigo;

"Para desenvolver melhor a coragem desses medos, a ficarem mais medrosos do que antes, A filosofia final (não queremos estipular o núcleo de fundamentos para uma revista) coloca os pacientes numa clara derrota de si para sua coragem, que, na verdade, é apenas fruto de uma bruta-cisma de desejarem se sentir ainda mais abomináveis que os outros. Intrinsecamente, dissertamos um curso ininterrupto, para que toda as abordagens da consulta possam ser reveladas dolorosamente aos pacientes, de que o medo de amar nunca poderá ser esquecido por outros meios-medos de outras meias-coisas". São Paulo, 21/11/2020

"Pelo menos, no passado para sempre". Inaugurava uma felicidade forte e honesta.

– Tenho de reagendar a terapia.

Estrógena: derivado de estrogênio.

60

Testemunhos inconscientes inalcançados;

A faculdade sempre foi uma gárgula de cimento, arqueada, fielmente descolorida, retorcida na raiva dos dizeres maciços e magricelos. A faculdade sempre foi uma gárgula de cimento, terminando as frases que acabaram de ouvir de dentro da cabeça, simulando as aparências físicas de mulheres de vinte aos trinta anos. A faculdade sempre foi uma gárgula de cimento, que quando se despoja a andar, aposta-se num chapéu cheio de folhas mortas contra um Jeep Cherokee e inevitavelmente, acaba vencendo. A faculdade sempre foi uma gárgula de cimento, corroída, inanimada, que a cada riso vindo do monumento central de Gomorra, eclode as sirenes entre os particípios adversos do finito reversado.

61

A entrega por cima da bandeja de prata. O cérebro para os corvos, para o garimpo das quase vindas, da megalomania lamentavelmente burlada. Correr até o laboratório gringo e oferecer o livro de corte, o corpo de corte. O corte? Não faço ideia. Todo estudo é corte. Mas todo corte é independência. E toda independência inspira a literatura. Então façam o corte, mas me garantam uma parcela dos melhores capítulos. Melhores capítulos? Amassados, retidos, e não por mim, mas pelo próximo a ler. O 'muito bom' é sempre abandonado. Não há como ser muito bom, para satisfazer qualquer coisa a não ser o primeiro intuito; quando ofereceu o corpo e o livro de corte. Um grito para corte. Gritar enquanto escreve, até o fim do fôlego. E quando acabar o fôlego, acabar o parágrafo. Como ler no escuro com ajuda do cigarro. Um medidor de equivalência. O diretor do manicômio. Casado com as causas filantrópicas. O cigarro queima num trago, e você lê o quanto o pulmão quer. Apagado, se reflete. Refletido, aspira-se a fumaça; outro parágrafo. A luz do cigarro. Quanto um fumante, vendendo o corpo de livro para corte, aguenta escrever, assim que a cidade enfrenta um blecaute total?

62

Diálogos quase descartados.

– Talvez dentro da areia o tempo pare. Não é dentro do mar.
– O que você sente quando apoia as mãos na grama?
– Grama.
– Então o momento dos poetas é o toque.
– Por quê?
– Se há um mundo para todas as direções, há de ter um mundo embaixo de nós. Sem necessariamente ser ruim.
– Impossível.
– Por ser muito duro, é como nos apartamentos, o chão é duro e, assim, sabemos que embaixo tem outra casa.
– Então estamos cegos.
– Só porque trocamos o bom da água pela areia?
– Também, e por projetar tudo isso estando em São Paulo.
– O que você queria? Pensar como eles?
– "Eles" é sempre de escritor. Talvez estender uma canga sobre a grama e apenas saber que um dia vai durar o quanto ele tiver que durar.
– Ele sempre dura.
– Não se esqueça dos metrôs.
– O Japão é coincidência, não fale bobagens.
– Não cogitei isso, apenas quis me referir que, talvez, apenas na Terra ainda tenha vida. E se, de fato, formos o planeta-núcleo, uma espécie de "favorito" dessa infinidade toda, estamos fodidos.
– Deve haver literatura por toda parte.

— A vida é um estágio da literatura, não ao contrário; a literatura é o milagre.

— Apenas porque o tempo precisa parar, acho melhor nós pararmos por aqui.

— Você também sentiu isso?

— Ainda estou.

— O que eles estariam procurando?

— As palavras que escondem a dor.

— Então troca.

— Troca.

63

O plural das coletâneas. Barrar o poder total. Talvez a pressa traga dor, quando apenas já sabemos. Caindo por *imersidades*; *"com base do que estou dizendo em meu livro, a morte é um reparo"*. Encontrar o traço imbuído no meio da cútis predefinida. Alugar um quarto de hotel, levar o "preciso", ficar três dias, a noite do ano novo, a noite do primeiro dia e ir embora na segunda noite; "impreciso". Mas o que há de tão interessante no meio das palmas das mãos? Essas palmas que são minhas desde que nasci. Por que elas pedem tanto pelo meu rosto? Rosto para baixo, olhando as mãos. Então, outra coleção de sintomas começam a mudar os devaneios sem perspectivas para os diálogos. E os atalhos ficarão cada vez menores. E o romance acabará cada vez mais rápido. E a graça acabará cada vez mais singela. Eu odeio a palavra "singela". Pois se a vida então fizer o contrário: ir para o hotel, se entupir do que se ingeriu antes do coma, e apenas olhar para as mesmas palmas que encarou todo tempo? Assim talvez, no outro ano, possa se fazer um romance maduro. Um romance sem lançar estes pequenos pergaminhos de um canto ao outro das capas. Primeira, segunda, terceira, quarta, quinta capa. Quantas capas há num livro? Por que não decido como será todas? Ou será que sou o único escritor que não as defino? Eu poderia estar definindo. O único escritor a não saber diagramar o próprio livro. O único escritor que sobrou que sabe apenas escrever o livro. (Se quer testemunha, para que se sentar?). A seguir, capítulo disperso sobre um sonho que tive com Isabel. O que, no caso, é um ponto importante do livro; um sonho completamente inconsciente com outra mulher. Um sonho com Isabel. Repetindo, sonho sem Pietra.

Imersidades: derivado de imerso.

64

"O que posso fazer com esse sonho". Despertou às 04h03 da madrugada, tendo um dos maiores problemas já introduzidos em suas mãos. Era noite seguinte a uma das primeiras vezes que Isabel dormira em sua casa.

Dava-lhe nojo vê-la coberta na cama, deitada no antigo canto da verdadeira dona. E aquilo fora tão escancaradamente preciso, que invadiu a reprodução de seus sonhos.

"O que posso fazer com esse sonho, se não contá-lo para o silêncio?".

"Adentrava as cobertas como cordilheiras massudas. Sentia um cheiro terrível de azedo, presa morta. Algo literalmente degradante. Subia pelas cobertas com enorme dificuldades, porém ainda tão mais impreciso quanto Gregor Samsa, e talvez com mais objetivos emocionantes. A cordilheira era abafada e o cheiro me hipnotizava, cada vez mais perto. Continuava, não sei se para ajudar o provável fóssil abatido ou para simplesmente matar minha curiosidade. Me arrastava, penosamente, entre os pontudos tecidos de coberta, agora infundidos a uma gosma pegadiça, que deixava ainda mais dificultado a introdução de minha única ferramenta que eu usava para escalada, meu pênis. Chegando ao cume da cordilheira, pude ver menos luz do que quando estava em seus pés. O cume era o interior limiar da vagina de Isabel, que antes de ser salva pela minha ferramenta, surpreendeu-me com algo comestivelmente absurdo. Saíam fatias de presunto, dobradas como as de hotéis, uma por uma, repleta de gosma das embalagens vencidas. Eu não entendia, como eu poderia salvá-la. Se era tirando as fatias e as arremessando no chão, ou se eu deveria pegar o presunto e comer. A ferramenta despencou, fazendo com que eu acordasse, farto de priorizar minhas curiosidades pelo que acontecia debaixo das cobertas entre as pernas das mulheres que não eram Pietra".

E sem conseguir narrar nada daquilo ao silêncio, apenas atiçou-se a uma afirmação;

– É curioso, as bocetas estão virando presuntos. Como se toda e qualquer repugnância peregrinasse seu sabor nas coisas que eu aprecio.

Acendeu as luzes do quarto e nenhuma das gatas estavam no pé na cama. Levantou-se para procurar no resto da casa e, chegando à cozinha, as duas estavam dentro da geladeira, com os pequenos focinhos cheios de gosma.

65

E na recaída, senta-se para sentir e, depois de se sentar, a lembrança em braile soa como superação. Então volta a teoria de que o infinito não acaba. Então zarpa a mão ao corpo mais perto, e tenta, não por hábito, mas por revolta da não *remetência*; "*te farei sentir não só como a única pessoa a me escutar, mas também como a única pessoa que me sobrou*". Para recaída da pessoa de sobra, é inexorável que tenha afluído a questão inominável do "já superado". "Eu sei que ela não é mais a mesma". Recaída de novo? Então nos 70% do livro, você redobra a vontade de não publicação. Então Pietra telefona e uma das perguntas mais odiosas, e de subtração, aplica-se: "*Quando eu terminar o romance, eu posso enviar para você?*". E a resposta mais anulativa, daquela ou das próximas memórias prossegue: "*Sim, estou tentando ler um livro a meses, mas eu deixo aqui na cabeceira; um dia, quem sabe, eu leio*". O desdém, os poemas nos quais agora apenas os sons de buraco fazem sentido.

E quem se senta, sem ter recaído por nada, e passa a ser arrogante? E quem se recusa a ir aos lugares nos quais Pietra me levava, e passa a ser metido? E quem se recusa a transar como Pietra transava, e passar a ser nojenta? E quem se recusa a deitar do lado que Pietra se deitava, e passa a ser insuportavelmente folgada? E quem se recusa a me telefonar, mais ou menos vezes, como Pietra me telefonava, e passa a ser enxerida? E quem se recusa a se conformar que eu comprei uma aliança com o nome de Pietra, e passa a ser desagradável? E quem se recusa a se incomodar com o que eu escrevo, é falso e traíra. Até que quem se recusa a se sentar para dar conselhos, e olha-me com dó, passa a ser desinteressante. Quem declara que estou curado passa a ser meu inimigo. Como pedir ao outro que me provoque pensamentos com Pietra?

Remetência: derivado de remeter.

66

Está na geladeira de fogo. Está manco, vesgo. Está num chão igual como esteve, mas está a desviar sem ter por quê. Dorme a cada 37 horas, e sonha durante 14. Roda. Está a falar sobre ignorância, Manoel Bandeira, suicídio e terapeutas. A geladeira de fogo comprime, não esquenta. É como a cama que odeia o peso. Ou o bicho de telha em telha. A terceira maneira, vinda do mesmo banker-inotável. Está a consentir uma amizade com Pietra. Quer ter o tempo de novo. Não quer mais o tempo, nem para ver se há de tê-la. Está na geladeira de fogo, no assento marrom de espera, na fila dos desagregados, nas barbatanas dos dinossauros franceses. Está lento. Correndo com livro. Está vesgo. Está com medo de ser ele próprio; para sempre, o depois da vida.

Banker: lugar construído embaixo da terra, geralmente por militares.
Inotável: sinônimo de imperceptível, antônimo de notável.

67

"Mas o menino veio pregar, e depois passou oferecendo pães, e depois o vimos embaixo das mesas com os bicheiros, e depois parecia que estava cantando muito alto, e o pegamos espionando a filha do zelador no banho, e depois ouvimos queixas sobre um subordinado cheiro de paraíso que subia na janela do quinto andar, então encontraram algumas latas com símbolos progressistas na parede, e, antes de ontem, veio de novo pedir um cômodo para iniciar seu desporte, que julgou como 'escrita', e os últimos comentários é que ele começou a usar peruca.

Jura-se que, ao se encontrar com ele, sente-se outra coisa, é como se outra pessoa sempre estivesse ao seu lado. E isso não passa, e parece que ele adere, interage e disfarça, tudo numa distribuição catatônica sobre estrondos. É como comprar murais, e depois substituir por envelopes, e depois não querer a vida presa por tarraxas. É como tatuar o pé, para quando vier a pergunta dos "virgens-em-assaltos-a-bancos", sobre 'ser visível' e poder ter a matéria-de-desculpa, das palavras a tirar o tênis no restaurante que, antes de receber o odor de chulé, já fedia a curiosidade alguma.

68

Ter para si que as páginas sem pigmento dos "Caminhos de Swan" farão, em breve, nevar em todo país. Mas passa do ponto, pois sem sentir-se com espaço, seja enjaulado ou com plena-e-fria-sortida-zero-obrigação, começa a se degradar. As de pele morena, com sonho nos poetas de narizes aduncos; as de cabelos loiros, com sonhos nos corsas-de-porta-malas-bizarros; as ruivas, com sonhos nos homens-que-não-existem. A geração se parte a cada romper-de-brincos, com a amena execução de retroceder até acompanhar a conspiração tri-*bional*, a fazer qualquer estereotipo ser um vestibulando expulso contra sua vontade da aula sobre "a digna morte", que ficava atrás da diretoria, e nenhum aluno, além da inspetora, poderia assistir as videoaulas. O rapaz falta e, quando aparece, traz o binóculo rachado que, aos companheiros-colegas-de-porra-nenhuma, veem como um artefato sexual, acompanhado da tragédia de ter passado pelas minhas mãos.

Bional: espiritualidade duplicada.

69

Rompendo o processo, o telefone tocou às 6h50 da tarde. Horário, aproximadamente calculado por Castiel, que Pietra estaria chegando em sua nova casa, que poderia ser a casa antiga de sua mãe, como poderia ser um apartamento alugado para ela e seu novo amigo-namorado-quase-noivo.

– Está ocupado? – perguntou a voz aflita.

Era ela.

– Não – respondeu.

– Preciso de um favor, você está a fim?

Se levantou, depressa, pela força cardíaca, a ver se o espelho era tão horrível quanto seu medo tinha se associado à resposta eufórica de "absolutamente".

– Diga – respondeu. O espelho não ia tão mal.

– Amanhã terei um médico, perto de onde você trabalhava e, por não conhecer muito bem aquele bairro, pensei que você pudesse me levar, se não for um incômodo.

Castiel olhava para as gatas sentadas com uma aparência duvidosamente feliz.

– Combinado – disse.

– É bem cedo, você topa mesmo? – ela perguntou, com a voz também duvidosamente feliz.

– Claro – respondeu ainda mais duvidosamente feliz.

– Beleza, umas sete e meia estou aí, tudo bem?

"Venha dormir aqui hoje", pensou.

– Se quiser vir mais cedo – sugeriu.

– Não, o médico é às oito e quarenta, você acha que chegamos a tempo?

"*Venha dormir aqui hoje*", insistia internamente.

– Acho que sim.

– Ok, obrigada, vai me ajudar muito.

As gatas se deitaram com o carinho denso que ele fazia nelas. Depois de Pietra desligar, continuou com telefone nos ouvidos por alguns minutos. Não sabia se porque usava ambas as mãos para o carinho *equitário* nas gatas, ou porque queria continuar com a linha aberta, para não receber uma inoportuna ligação de Pietra mudando de ideia.

"*Barba, saco, limpar as orelhas e cortar as unhas do pé; as das mãos, eu cortei ontem*".

– Quem quer *whiskas*? – saiu, anunciando indubitavelmente alegre, com as gatas indubitavelmente famintas atrás dele.

Enquanto a pasta fedorenta de cordeiro caía no pequeno prato de sobremesa, Castiel rogava apenas por uma coisa; "*Que não seja ginecologista*".

Equitário: derivado de equidade.

70

Do leme até as falhas, as tralhas que ficam no meio do desconhecido, amontoado, junto ou perto, embaixo do aço, antigo-aço-monteio, abandonado, subdivido na oposição das facas que se acham ao longo da areia. O cardeal em rasante para baixo, para além do abstrato, feito de borracha e bexigas, passando pela tempestade e, por vezes, nas crises das velhas e dos velhos que caem de suas vidas, e estão a se agarrar na doma sensível dos olhos do perseguido tradutor. A indaga, o alojamento, o carinho das vozes humilhadas do passado, fazendo parte da questão similar das causas belas, que ainda irão milhares de dias, vir das vozes vivas com o mesmo estardalhaço. O fantoche a bisbilhotar o espetáculo. A sirene ouvida de dentro da baleia. O estalo do rocio de vidros, descendo das bandeiras cortadas por tesouras sem pontas, no meio do recreio das crianças. A agitação digestiva de um magnata-de-alma.

Pois a menina circense podia ajudar. Sentava-se para fora do vagão e declamava o poema. Esperava. A onça, o tigre e o leão. Há de averiguarem, triagem introspectiva, a fim de trazer para perto o milagre desfolhado na pele feminina, das mãos de uma pequena mulata, nascerá na tinta do próprio suor, algo que sirva contra as forças das trevas, com as flechas das chuvas, para dentro da única coluna a aguentar a inveja, e o desgaste das placas-fluviais-cartomantes. Irão deitar o homem, onde o único cheiro é de parafina e masala. Há de se levantar neutro, relatar os sonhos em que os politeístas abnegados tiveram de pendurar. Há de dizer: "*Um cruzeiro aparecerá no céu, entre as melhores horas da noite e, ao cair os vínculos dos segredos, olharão a se dizer a verdade, quebrando a regra de que o silêncio é quem fatura a coesão oriunda, dos nunca amados e prometidos poetas.*"

71

– Ande, deite-se, vou fazer algo diferente.

– Está bem, o que é? – perguntei.

– Vou pegar o lubrificador.

Me espreguicei.

– Pronto, agora deixa ele bem duro para mim.

– Assim?

– Eu sei que você pode mais, quero ele bem duro.

– Assim?

– Isso.

Pietra o pegou desde o final com a mão fechada, passando lentamente pela palma de sua outra mão.

– Que delícia.

– É?

Não pude responder.

– Está dando uma vontade de sentar nisso aqui.

– Senta.

– Será?

– Senta.

– Deixa eu trancar a porta.

(Para quê?)

Meu pinto estava se quebrando.

Pietra estava apenas de camiseta (minha), se levantou para fechar a porta, pude ver a sombra de sua bunda, o que me fez querer levantar para prová-la de pé.

– Não, não, você fica deitado. Suba mais na cama.

– Subo.

Subi meu corpo até a cabeceira da cama, Pietra deitou na minha frente com a barriga para baixo.

– Agora vou fazer o que falei, mas relaxa.

Começou a passar os dedos por meus testículos, eles esquentavam.

– Olhe lá...

– Relaxe, eu não vou enfiar no seu cu.

– Sei que não vai, por isso mesmo não precisa chegar até aí.

– Mas não é bom?

– Sim, mas cuidado.

Continuou, a mão a apertar o pinto, quase roxo, e a outra a deslizar os dedos lubrificados pelos testículos.

– Acho que vou ter que sentar nisso aqui.

– Senta.

Pietra arrastava a boceta no meu joelho, subindo e descendo ligeiramente, eu podia senti-la escorrer por minhas pernas.

– Vem aqui – eu disse

Tirou a camiseta e seus mamilos estavam como pedras pontudas, apontadas para mim, querendo que eu as mordesse. Sorria feito uma peste. Nada fugia da ordem. Eu a adentrava, ela me possuía.

Quando acabamos, apoiou a cabeça em meu peito. Eu ainda fazia leves balanços, gostava de ouvir aquilo.

– Isso foi muito bom – eu disse.

– Foi mesmo.

72

Testamentos Verbais Não Apresentados Anteriormente 17/10/2020

Não está a beber água por você, está pelo livro. Não está a se alimentar por você, está pelos trechos. Não está a ignorar o afeto das pessoas que não são os personagens por ignorância, está pelo bem do livro. Não está a ignorar os ventos como uma árvore tola, está a trazer a beleza contínua do livro. O livro a ser uma árvore, chorando por cada folha que cai em seu colo. Está a ser mais que as árvores, pois além de ágil, tem as mãos para recolher as plantas, tem os olhos para ver quando elas caem, tem os dedos para crer na ação. Está a se defender como um covarde, mas não é preciso temer. A desinteligência emocional que não segue a razão do livro não deve perder momentos. Está a parecer uma medusa-narcisa, deitada confortavelmente do lado da poltrona em que está o seu livro, para servi-lo e respeitá-lo com o que ele disser. Está a fazer sacrifícios mortais e espirituais, até que o livro se levante, e peça para os seus deuses que o derrubem e depois o matem. A qualquer um que teve participação nesse milagre-conciso, ele ordena a morte. (Mas se alguém ultrapassar o verdadeiro desejo de homicídio, mate-o no livro. Ninguém pode subir as ordens a não ser os capítulos).

73

E era impressionante. Isabel aparecia, vinda do nada, exatamente quando eu parava o que estava fazendo só para pensar em sexo. Dava a impressão de saber que, pela tarde, não importava o que estivesse acontecendo, depois do almoço, eu sempre estaria lembrando do sexo com Pietra. E ela se entregava com o olhar protegido de *"faço isso por você, e sabemos com quem você faz, então não me decepcione"*. A fricção das não palavras eram tão impactantes, que a combinação entre o desejo pelo corpo de Pietra e o desejo de não ter dó de Isabel amassavam meu estômago. Havia mais vontade de orgasmo no ato de me controlar, do que propriamente fazer. Como: *"Você não precisa fazer isso com você, mas continue gemendo"*. E vê-la como uma amazona montada num dublê de decisões inversas, retirando aquele átimo de minha língua, era exaustivo.

Ela também nos sentia, mas constantemente Pietra vinha apenas cobrir meus olhos, porque era preciso. Depois da metade, ficava decepcionante. A fuga de arcar com a denominação de outra mulher. Isabel delirava, tendo a certeza de que, no fim, eu estava apenas com ela. Isso me entristecia. Eu ainda estava com Pietra.

Queria dizer "eu amo você" para as palmas de Pietra que continuavam tampando meus olhos, mas, quando os abria, Isabel estava inteiramente levada por suas assimilações falhas. Eu nunca gozava e Isabel penava em outra ilusão de habilidade-pós-sexo, de que sabia fazer massagem para desfazer "nós". Ambos dormiam.

74

A potência ocular, de repartir os vãos da arquitetura em aversões apoteóticas quase ilegíveis, transformam os escritores em tubarões. Ainda que a geometria seja o quartinho-chulo dos poetas, eu ainda sou dos romances de argila. Nome do vinho e qual o sabor do pão enquanto se mastigava, olhando para própria literatura nua em sua frente. Os takes que agregam a alma. Para que saber onde um casal está? Se o casal é absolutamente o maduro de todas as subsequências que nós, animais espionados pelas contra-afirmações, queríamos ser? Por que nas palavras, ainda vejo uma possibilidade de segurar o mundo entre o dedo indicador e o polegar? Para sacudir? Para chamar o que não conheço de meu? Para sugerir uma sugestão *insugerível*? Onde está a escravatura dos exercícios inconscientes? As perguntas nos detonam quando não as fazemos perto de amanhecer.

Isso de saber-se acordado, lúcido, escolhendo a dedo as proteínas, mordendo, com a parte direita dos dentes, as frutas, tirando as peças de roupa pelo calor, intercalando entre os livros e os próprios segredos. Isso de remar como "nado de peito", a questão permanente dos recados; *"O que vou dizer agora?"*. Isso de, desde pequeno, ver que o está quebrado, está quebrado, com grande chance de nunca mais ser ímpeto-participativo. Isso de acumular subdivisões de textos, de jornais, de cartas antigas, de declarações de imposto de renda, de amolações contra cagadas. Isso de viver quase nada, por ter de economizar no estojo, ter de economizar nos passos, ter de economizar nos vidros, e isso de economizar, acabar entrando na poesia. Isso de *"antes de mim acabou, agora de mim acaba, depois de mim acabará"*, e ficar entre os mesmos, tentando arrancar um título de um texto verdadeiro, não subtexto ou tentativa de perdidos-recados. Algo eterno dos olhos em vãos. E então, isso de se levantar quando se tem abordado o tema, o passado e a tez, e então preparar o último salto com o último rosto, e então outro nadador, ou viajante de um supermercado, ou desviante das luxúrias-facultativas-*introspectas*, erguer um sorriso ao lhe ver na frente de todos, e perguntar no melhor tom; *"E então?"*. E é por isso! Não houve invasão pelas raias, não houve encontrão nos carrinhos, não houve sonegação dos reforços, não houve nada. Houve economia. O sorriso acabou decorando o subtexto, índice. E estar acordado continuou sendo uma vírgula-sequente-de-vazios. (, , , , , , ,). Isso de esperar. Isso de deixar de escolher. Isso de "está ótimo". Isso de "eu te ajudo". Isso de "já estou envolvido." Quem irá, afinal, pagar o texto do mês? A que horas passará aqui com as vírgulas contadas? Repetido, repetente, coagido, separação. Isso de falar como soco é uma merda.

Insugerível: Impossível sugestão.
Instrospectas: relativo à introspecção.

75

Na apresentação da primeira edição brasileira de "Papillon", de Henri Charrière, o editor nos diz: "Os homens precisam da epopeia".

Se emparelhar meu carro no seu, no meio desta rodovia a qual temos de pegar em comum, e a qual nunca mais saberemos se vamos pegá-la na mesma direção e no mesmo momento, eu, com certeza, vou jogar meu carro contra o seu. Espero que eu esteja na pista da esquerda e você na faixa do meio, pois eu não quero te matar, espero ter a certeza de que não te matarei. Mas eu preciso jogar meu carro na lateral da sua porta da maneira mais violenta, e não me importa o ódio avassalador que você ficará, gritando a querer me engolir. Além de ser um prazer ouvir seu grito, eu entrarei com carro e corpo pela tua garganta. Entro pelo seu ódio, levando-o junto a sucata do meu carro, o banco, os pneus, o para-brisa e a gasolina, entraremos por inteiro, rasgando essa laringe de quem pensa dirigir melhor que os outros. Eu espero que a Raposo Tavares não coloque nossos carros um ao lado do outro. Porque se colocar, ou você voltará para mim, ou nós dois iremos acabar como eu sempre sonhei; num mesmo corpo, mesmo que numa tragédia, para além do trânsito e dos destinos onde não há lugar para sermos nós dois.

76

Isabel os levou numa exposição de pintura, onde o artista chamado Mathias Chátô, de miolos impregnados de surrealismo, queria alcançar, nos quadros, a ideia de que, caso a intuição seja mesmo surda, Deus não poderia ter o corpo de um homem, portanto de um irracional. As telas tinham um deleite provocador; não se tinha o ponto de ridículo, nem o ponto de moderno-bagunçado. Eram simplesmente pinturas, quase todas em preto e branco, com o amplexo duradouro das coisas a girarem quase minimamente ao redor daquele animal. Na primeira tela, tínhamos uma cobra, uma simples cobra com a língua para fora, com uma expressão de riso, rastejando-se dentro da terra, porém com um caminho já perfilado, onde o artista não deixou claro por quem, nem como, nem quando, o rastejo foi feito. Por cima da terra, havia a representação comum de passadas, de todos os tipos, sapatos, binóculos, saltos, bitucas. Era a superfície de uma grande cidade sendo rompida divinamente por uma cobra sem encontrar seu terminal de descanso. Na segunda tela, tínhamos uma bailarina nua, alongando-se com o apoio de um tamanduá com cachimbo na boca. O bicho estava debaixo da menina, e assistia a ela mijando dentro da caneca que ele, penosamente, esticava para frente até que ela enchesse a transbordar.

Na terceira tela, um cachorro velho foi representado como o Deus mais estranho. O cachorro estava sentado por cima de um caixão, e a expressão era de raiva. Castiel teve a sensação de que morrer era imprestável, uma frustração, uma má vontade de alguém acomodado. Pediu para Deus, em sua consciência, para que nenhuma das outras telas tivessem representados gatos. Na quarta tela, encontraram a mais excêntricas das representações abstratas de um Deus. Uma tartaruga, seguramente tomando Sol embaixo do casco de outra tartaruga, decepada e largada ao seu lado. Era um Deus confiante sobre a batalha das forças entre o "comum e o incomum". Na quinta tela, o mais revelador. Isabel despejou lágrimas ao alcançarem o destemido quadro. Um periquito sem asas, dentro de um avião, usava óculos de grau, e lia o cardápio na parte de bebidas. A tripulação toda era de periquitos. Castiel sentiu-se empoderado para fazer um poema. Isabel não queria ir embora.

77

POEMA DE PERIQUITO

É cansativo
*Não ser instintivo
Lembrar de você,*

As coisas velhas
*Já se transformaram
Em remotas,*

É dolorido,
*Ver o próprio museu
Querer te colocar
No armazém dos fundos,*

*Não é uma conversa fácil,
Com diretor do tempo
Todos os dias,
Para convencê-lo a retirar a manta vermelha, a qual repousaram sob você,
Fui promovido pelo museu,
Para cuidar do jardim de fora,*

*Por isso regressar aos fundos,
Inventando diariamente uma conspiração poética,*

É comprometedor,

Ameaçam que eu perca o emprego,
Ameaçam difamar-me pela cidade,

Mas eu creio que com todos os poemas feitos,
Eu posso convencê-los de te recolocarem suspensa, acima do portão de entrada,
Renomeada como símbolo limiar da história deste velho museu

Veriam como o jardim ficaria alegre,
Veriam o público do museu crescer,

Não me veriam nunca mais.

78

Se levantou cinquenta minutos antes do horário combinado, e logo percebeu que não havia nada a fazer a não ser levar Pietra ao médio durante todo o dia, ainda que tudo ocorresse logo. Tomando a xicara de café, enquanto olhava a varanda, agora tinha a certeza, um sedan preto na rodovia poderia ser ela.

Firmou o casaco preto nos ombros, olhando para o espelho atrás da mesa de jantar. Sentiu-se forçado a fazer algo que gostaria. Não quis entender este fato.

O telefone tocou e, fechando as janelas, o dia era exorbitantemente nublado. As gatas continuavam dormindo. Pensou em dizer para ela subir, mas preferiu acabar logo com toda ânsia.

Entrou no carro e o cheiro dos bancos parecia de hospital. (Talvez o mundo não aguentaria aquela previsão). Alguns rascunhos no banco passageiro, latas de refrigerante e anúncios de empreendimentos distribuídos nos semáforos. Tentou dar partida no motor, mas falhou. Era o frio. Deu partida de novo e então ligou. Não quis checar os retrovisores.

Saiu com carro até o pátio, onde ficavam as vagas de visitantes, e Pietra ainda estava dentro do sedan.

Não foi tão agradável assim remeter aquela imagem a primeira vez. Saiu de calça legging preta, botas bege de camurça e uma expressão de variedade.

"Pobre Isabel", pensou sem entender.

Entrou no carro passivamente, batendo a porta sem cumprimentá-lo.

Segundos depois, comentou;

– Cheirinho de café.

– Está mesmo? – ele perguntou, sem a olhar.

– Sim.

Não se lembrava que tinha tomado café. Aliás, não se lembrava nem mesmo como dirigia.

– É a primeira vez que eu vou ao...

– Ginecologista – disse Castiel, a interrompendo.

– Isso – ela o olhava com receio – Depois daquilo.

– Obrigado por me chamar.

O clima era neutro e decadente. Castiel tinha apenas que dirigir ignorando os retornos, mas não por extasia, nem definitivamente paixão.

As músicas no rádio erravam as letras para aumentar a insensatez do momento. O sol saía aos poucos, mas também era trágico, traiçoeiro. (Silêncios não evitam nada). Ao menos o trânsito, por um milagre, os ajudava não sendo tão remoto.

Por um pedido censurado das coisas que não querem dar certo, começou a tocar; "Ainda é Cedo", do Legião Urbana. Talvez fosse o início do debate entre os sentimentos contidos.

– Estamos bem adiantados – disse Pietra, adivinhando a crescente tortura a ele.

– Você não quis subir – comentou.

– Achei que pudesse atrapalhar.

– Atrapalhar? A mim ou as gatas?

– Muito cedo para entrar na casa dos outros.

A olhou mortalmente.

– Certo.

Na Rebouças, o engarrafamento voltou a ser São Paulo, e Castiel aproveitou para voltar a ser Castiel.

– Você transou? – ele perguntou.

– Eu não me encontrei nem com meus amigos – ela respondeu, desacreditada.

– Desculpe-me a pergunta, mas estamos indo a um ginecologista.

– Sim, mas não lhe devo satisfações. E sendo honesta, não transei literalmente porque não deu certo.

– Há segundos, você não tinha se encontrado nem com seus amigos – retrucou.

– Penso que você goste de sinceridade, aliás *"na dúvida, nunca cabe a paciência."*

Era um verso antigo de uma música dele.

Viraram a rua Pamplona, ainda adiantados. Castiel conhecia o rapaz que cuidava do estacionamento, e foi direto para vaga coberta no fundo do local. Estacionou do lado de uma caminhonete e desligou o motor. Pietra deitou o banco e se espreguiçou; ele tentava não acompanhar a cena.

Voltando o banco para o ângulo normal, ele apoiou a mão em seu joelho esquerdo e, automaticamente, ela disse seu nome, como que dizendo "não".

– Um abraço – sugeriu. Ela cedeu.

Foi um abraço longo, tinha de ser.

Se viram como um casal novamente, mas ainda assim ela preferiu abrir a porta do carro e, puxando-a de novo, colocaram os rostos ao beijo, mas não se beijaram, ou se beijaram, pouco importava.

79

O apartamento de Isabel era o menor ambiente que mais representava São Paulo. Exatamente planejado a melancolia. Uma porta de entrada, cor cinza-fosco, uma sala espremida, mas curiosamente com bom pé-direito e boa distância entre televisão e sofá, ou rack e quadros, que transpassavam um conforto ríspido e zen. Sua varanda capaz de suportar uma mesa e duas cadeiras, também espremidos, mas poeticamente provocantes. A vista dava para os campos da USP, e também para uma igreja entre as árvores. A decoração tinha me fascinado. Na sala de jantar, dividia-se a distribuição junto de um humilde corredor até a sala-de-estar. Uma janela aberta, tentativa humilhante de tornar a cozinha em americana, que, mesmo com a má vontade do arquiteto, teria ficado genial. Não tinha ventiladores.

Retornando a porta de entrada, principalmente porque em um dos momentos em que transávamos poesia na varanda, eu me inspirava em relação ao que a porta me expressava. O mesmo drama de longa-de-guerrilha, a mesma barreira que não barra a nada. Aquela porta segurava marcas de uma família literalmente paulistana; rupturas, brigas, berros 'sem intenções', cafés arremessados na camisa ou no vestido, notícias terminais de câncer, enfim. Ali moravam Isabel, sua filha Helena e sua mãe Silvana. A mãe de Isabel me lembrava a atriz, Lia Melo. Os olhos de pessoas assim me deslumbram. É como se qualquer palavra se tornasse areia pelos ouvidos (não como os pés de Pina), mas como se qualquer tipo de dança amenizasse, inevitavelmente, uma circunstância-sentimental-inumana.

A independência de qualquer prisão conceitual em nossa relação me deixava confortável. Não era um estudo decorado às ordens de nossos encontros. Eu costumava chegar falando frases aleatórias, como *"Vou tatuar um tigre no meio da barriga"* ou *"Sinto um siso nascendo no meu rim."* Daí então continuávamos com os assuntos, assim parecia não existir nenhuma brecha para intrigas desnecessárias. A ideia era parecer que estávamos juntos há horas, e que não havia uma chegada nem uma partida a nos comprometer.

Mesmo sem o alento de romantizar os românticos, Isabel era uma filósofa de primeira instância. Se ancorava em palavras difíceis, aplaudia meus movimentos antagônicos sem perceber. Sua causalidade veicular no ambiente me fazia adorá-la. E falo isso, pois a comparação é algo que me pressionava e, ainda que não quisesse, compará-la num jantar quase "pós-conciliação", em seu lar (as luzes me ajudaram a chegar nesta latrina), foi inconcebível.

– O prédio não é tão alto assim – eu disse.

– Depende da perspectiva.

Olhávamos para fora da varanda.

– Então troque de lado comigo.

Trocamos os lados.

– O prédio continua sendo baixo – afirmei.

– E isso importa?

– Você não sabe no que eu estou pensando.

– Os supersticiosos pensam muito no que é impensável, é cansativo.

– Um homem sem superstições não vale a pena ser escutado, você sabe – afirmei.

– Se você diz.

– Por que as redes? – perguntei.

– Pretendo ter gatos.

– Então não poderá ter aquele peixinho – apontei para o aquário no rack com um beta dourado.

– Colocaremos ele num lugar mais alto.

– Para um gato não existe perspectiva.

– Você tem gatos? – ela perguntou.

– Sim. Mas veja, as girafas e os peixes são contraditórios, não?

– O que eles têm a ver com os gatos?

– Apesar de serem os animais com as maiores perspectivas extremas de céu e oceano, ou seja, o mais alto e o mais fundo do mundo, eles ainda não conseguem desfrutar das medidas como os gatos.

– Mas os gatos não sabem nadar – retrucou Isabel.

Eu queria ter escrito o que eu mesmo dizia.

– As girafas também não sabem, mas os gatos podem morar conosco, e o que é saber nadar hoje em dia? – perguntei.

– Você apontou para um beta há dois minutos – respondeu.

– Um beta nem pode se dizer peixe.

– Um poeta não se pode dizer escritor? – ela perguntou.

– O poeta se diz o tempo todo, não quer dizer que fale coisa alguma.

– Ter controle do que não se sabe, para continuar sabendo – disse Isabel, sentando-se.

– Isso é nadar?

– Eu chamaria de inspiração.

– Meus discursos nunca são sobre saber ou não. As cores cuidam umas das outras.

– Está me chamando de poeta? – ela perguntou.

– Mas é claro. Ou escritora, fica a seu critério.

– Só porque quero ter gatos?

– É preciso amar as palavras como os gatos lambem os pelos.

– Então, aqui está, outra vez, você sendo apenas poeta – armou.

– E quando não sou?

80

Idiossincrasia, não arte monástica. Revolver no próprio ser, sem esperar que o esperem. Para onde vou, se apenas minha mão divaga? Homem das palmas, palmas de dentro. Instinto pessoal: pilhéria. Persuadir a rejeição. Austeridade ao se aproximar ao suor dos olhos do outro. Estão me levando, eu queria dizer para alguém; *"estão me levando."* Teto de botas, chão de chapéu. Andar de quatro ou repetir perdão. A solidão coloca um elástico nos dentes, e puxa para fora, volta para dentro e arrebenta. Desaprender a falar "você". Você, você, você, você, você, você. Repetindo para acabar, escrevendo para ter o que você agora é em quatro letras. Esse quart-ético-mural. É para ser assim; heterônimo de castigo. Na estreita imperfeição entre a argamassa e os azulejos. Depois de nos conhecermos, você não disse que sua vida era pertencente a minha poesia. Não há problemas se a alucinação vier da falta de problemas. Como não tem problema? Tem de ter a porra de um problema! E no espelho, o que é aquilo? Um zumbi torto achando que, para frente, o papel o segura como uma sonda. O passo do poeta dentro da canoa, e todo passo na canoa faz a outra se afundar. Poeta é fundo e *afundador*. Empurrão. Poeta versa para alguém ir para baixo. Empurrá-lo. Poeta quer vê-lo como embaixador do mais profundo. Empurrando-o. Poeta manipula o eixo sintagmático. Palatino-*ocultório*-paradigmático. A dedicatória de um poeta é para ele, assim escreve com as tripas, tripas no balde, desce para o poço, outro poema pronto, outra canoa a ser miolo, outra mulher se apaixonando pela história dos peixes.

Afundador: Profissão de afundar pessoas.
Oclutório: oclusão no infinitivo masculino surreal.

81

– Você fica aqui? – perguntou Pietra ao chegarem na frente do prédio.

– Sim, fumarei um cigarro e te espero – respondeu.

– Combinado.

– Acha que demora?

– No máximo meia hora – disse calmamente, já de costas, retirando a carteira da bolsa.

Não viu os trinta minutos passar. Se é que foram trinta minutos; ou quarenta ou cinquenta. A rua Itapeva estava acirrada, densa. Era como se o "mais" estivesse sobrecarregando os outros. Silhuetas, vantagens e decaíam. Pietra que tinha o corpo duro e esbelto não podia ser essa bailarina profissional a banalizar sua mente como um lutador de sumô analfabeto. Não poderia. Pietra era realmente quem ele pensava? Pois a enxergava com os hashis nas mãos, tentando colocar um sushi em sua boca, então uma bagatela no piscar de olhos cortava suas pernas da esquerda para direita, e ela se tornava uma alemã derramando cerveja por cima de sua própria regata vermelha. O relógio anunciando o final do livro, e as transmutações *balleátticas* acontecendo. O mundo inteiro se tornava a febre. O pintor do prédio ao lado passava o rolo de tinta com tanta raiva que era notável. O segurança à sua frente liberava a cancela para os carros com tanta lentidão, que era notável. O cinzeiro com cara de lixo prateado estava tão limpo, o que era notável. O garoto empinando pipa entre as motos com seu cachorro, sem olhar para o céu, era notável. A casca de banana no banco de madeira em que ele quis se sentar era notável. O escritor punk de coleira elétrica sempre foi notável. O sociopata meticuloso, a medir com as passadas os metros quadrados do jardim reservado, também foi notável. Essa baía cavernosa, a dar remorso nos passantes aéreos, essa contagem lógica de como o vestibulando e a gárgula se movem, esse joystick a apertar as fendas desta permuta sexual, absolutamente notável. O mundo estava com febre.

Ela desceu do prédio sorrindo, e ele não sabia se deveria sorrir de volta. Passou em sua frente enquanto colocava alguns papéis na bolsa, indicando o começo da volta.

– Tudo certo? – ele perguntou.

– Sim, peguei uma guia para psicóloga e também um novo pedido para o probleminha de sempre.

Não quis falar sobre o que estavam pensando.

– Entendo.

Castiel ficava alegre em lembrar que a ginecologista dela era mulher. Ignorou o fato da psicóloga.

– Paramos bem longe – disse Pietra.

– É bom caminhar – afirmou.

"Devíamos ter parado mais longe", pensava.

Estava calor, e era uma longa caminhada entre a rua Itapeva até a altura do estacionamento na Pamplona. Mas a questão agora é que estavam voltando.

Pagou o estacionamento, tramando qualquer embargo para que parassem pelo caminho. A volta seria insituável, sendo apenas casa.

– Quer almoçar? – perguntou, abrindo sua porta.

– Não são nem onze horas – Devolveu.

– Tem razão.

As ruas pareciam campos minados. Conduzia o carro em zigue-zague, esperando que ela notasse e protestasse de alguma maneira. Se na ida ele tinha esquecido como guiava, na volta, o câmbio permanecia em ponto morto.

– Não tem como cortar esse trânsito?

"Mas não eram nem onze horas".

– Você vai direto para o trabalho?

– Hoje, eu não trabalho.

Olhou para os semáforos e, por sorte, todos estavam perfeitamente funcionando.

Pietra ajeitou-se no banco com uma postura mais amigável e, olhando-o, perguntou:

– E como você está?

– Você está vendo – respondeu.

– Está saindo, conhecendo novas pessoas?

– Não.

– Você devia se permitir.

"Não é essa a questão", pensou.

– A cidade anda belissimamente bem sem saber de mim, e eu sem saber dela – afirmou, aspirando o ar.

Pela primeira vez demonstrando saudade, ela se aproximou, esticando o cinto em sua barriga até os seus ouvidos e disse:

– Deixa eu falar uma coisinha no seu ouvido: cale a boquinha.

Castiel acelerava nos semáforos com alguma esperança.

Balleáticas: herméticas piruetas de ballet.

82

Penso na sua criança que, moralmente, a mim deveria ser impensável. Vinda de desatino ao encontro memorável; a luta falida e a luta em contraponto. A criança nascerá com um relógio implantado na pupila. Despedaçada aos dez anos, quando você estiver atrasada, porém, agora pela noite, manchada de whey e glutamina, receitada pelo especialista em saúde, para não se desregular tanto em relação a sua imunidade de poesia que, no fundo, você assume que precisava ter conhecido, e usa como arma à frente, quando a falta de seu marido persegue seus presságios do passado. Por sempre dizer a você no impessoal, mas agora de Campinas, que logo à tarde vem a ser Uberaba, e logo, de repente, volta a ser Rio de Janeiro. E lhe manda por SMS; *"estou atrasado"*, e engasgada para responder que você também, agarra-se em lembrar que a mulher de suas dobras-conjuntas-ideais não se deixa omitir, pois a vida está ganha, mesmo sem o marido, ou o marido fez a vida ganha, então não existe mais atrasos, ventiladores ou CFC. E a criança enquanto dorme sem pedir mamadeira, carinho, ou televisão, você pode apenas se atrasar com pagamento de Serafina, ou se atrasar em escrever em seu bloquinho, que agora varre a madrugada quando você mesma está assim: sem seu filho(a), sem Serafina, e com a mansão e as estrelas secas, imaginando o quão mais boazinha e amável essa criança não seria se fosse nossa, ou o quão atrasada você estaria para dizer: *"Você esquenta a torta para ele(ela) almoçar?"*. Pois sei que das grandes metades que ainda encobrem sua pupila (as que seu marido nem as conhece, mesmo se abertas, olhando os duzentos fogos-de-artifício que mandou espalharem pelo jardim) não sucumbem a variante principal, a estimativa duradora que fará você procurar nos sites de pesquisa; "quais os sintomas da febre?". Apenas para uma das três opções, renascer neste âmbito de alguns capítulos em que questiono sobre; *"nosso, nós, depois de tudo."* E influindo a febre, seu filho reclama e, com medo do que pode ser, o pronto-socorro chega, e, atordoada por não ver ventiladores e somente ares-condicionados, perguntará por que eles estão ligados, e verificará se há uma lata de refrigerante-de-laranja na mesa do doutor, e logo explicará francamente, que isso é falta de um pai escritor. O que semeando nos ouvidos inocentes do seu filho, a pergunta lhe vem: "*Mas, mamãe, o que é um escritor?*", e você vai lhe responder: "*Depende, filho*", exatamente quando seu marido estiver voltando de alguma parte do país, antes do ano novo, e o guri pedirá, ao pai, o presente de Natal; um livreto tranquilo de contos, cujo nome virá a ser "*A Navalha Paulistana*", tornando nós dois mestres em desaparecer por entre este relento ocioso de separação anacrônica.

83

– Qual o problema de ter Helena conosco? – perguntava Castiel, sentando-se na mesinha da varanda.

– Problema nenhum, apenas não a quero vendo sua mãe com outro homem que não seja o pai – respondia, fumando.

– *Make sense.*

– Qual o problema de não ter Helena conosco? – retrucou.

– Nenhum, me agradaria te ver com ela.

Isabel o encarava, examinadora.

– Porque o que respira, o que come, o que transa, é sempre a cabeça? – perguntou, afundando a bituca de cigarro no cinzeiro.

– Minha pergunta não é uma paranoia, me desculpe – disse ele.

– Me responda, o que há na sua cabeça supersticiosa?

– Apenas alguns medos, e na sua?

– Proteger Helena.

– Tudo bem, afinal, o que há de lindo em vencer os medos e se tornar medonho, não é mesmo?

"Ele está dizendo que ser mãe é medonho?", questionava-se Isabel.

Uma mudez satisfatória se abria, como alguém que não se entende, mas suplica para que o outro não perceba.

– E se não fosse a palavra, qual seria o seu parâmetro de vida? – ela perguntou.

– Isso é mole – jogando alguns amendoins para dentro da boca, respondeu – O parâmetro gastronômico.

– A gastronomia como parâmetro de vida? – ela refutou, recusando que pudesse haver ironia depois de passarem pelo assunto não muito claro sobre mães serem medonhas.

– Sim, veja, o que nos faz ir, voltar, conhecer e criar a capacidade cognitiva da crítica é a gastronomia. Um júri gastronômico possui a mais alta das intuições para julgar qualquer espécie de competição.

– A competição é seu parâmetro de vida?

– Não só o meu, como de todos.

– Seu bigode parece um macarrão – ela disse.

– Está a criticar meu beijo empelotado?

– Não, estou apenas dizendo que chuparia seu bigode.

– Há algo para além de estranho com você.

Se levantando, Isabel aumentou a música da televisão, o que dava a impressão de deixar o beta entediado. Tocava alguma artista não identificada, com uma batida africana e umbandista, um pouco controversa a impressão que o apartamento lhe trouxe. Vendo-a dançar em rodopios na sala, percebeu o que ela poderia ter interpretado sobre "mães serem medonhas". Vestia uma malha de avó, lilás escura com furinhos, uma saia longa que combinava com a blusa e, nos pés, chinelos. Apesar de nunca ter sido um ávido observador do que as mulheres escolhiam para se vestir, atribuiu ainda mais a comparação que ela involuntariamente também poderia ter feito. Mães talvez fossem medonhas.

Não que achasse feio vê-la dançar, mas preferiu virar sua cadeira para o lado de fora da varanda. Olhava para a igreja, vazia e apagada. Olhava o ponto de ônibus, servindo de casa a moradores de rua. Deixava ser olhado pela incapacidade das torres afastadas, e se olhava distante daquele encontro esgrouvinhado, queimando talvez o quarto ou quinto cigarro, queimando o quarto ou quinto encontro depois de Pietra. (O cigarro na verdade era o nono).

Sem abaixar o volume da música, Isabel voltou à varanda sorrindo. Castiel preferiu não a olhar.

– Você não vai escrever?, ela perguntou, acendendo um novo cigarro. O sétimo, talvez.

"Sobre você dançando? Nunca", pensou.

– Sobre o quê?

– Achei que tinha que te dar este espaço, pensei que quisesse escrever – disse.

"Mães são medonhas", pensou.

– Talvez eu escreva.

Isabel deixava a varanda, voltando a dançar.

84

Pescoço, pescoço, pescoço, mão. Dancinha. Ela dançava e eu ficava; pescoço, pescoço, pescoço, mão. Pietra. Desse jeito eu posso ganhar o...? Ganhei. A árvore se nutre de algo esquisito. Nunca vi árvore feder a não ser quando mijam em seu pé. Pescoço, pescoço, mão. (Hoje eu não cago). Vê-la dançando limpa meu intestino; ou melhor, vê-la dançando faz meu cérebro se ocupar demais com as palavras que já estão vindo. Pescoço, pescoço, duas mãos, texto, dança, árvore. Os fins de setembro servem para estipular padrões de perdão. Quem diria, a música predileta de Isabel faria o cacto em volta de minhas mãos reascender. Quem diria, a música predileta de Isabel voltaria a me fazer de árvore. (O que ela pensa em dançar enquanto eu escrevo? Não começarei de novo, amanhã é outubro e muito perto de outubro, dois de outubro).

Desmaterializando. Não, a dança está fora, a dança é materializada. Agora conto com algum velocímetro e aquela coisa que os designers fazem muito bem, como placas da rota 66 a seguir cangurus, a seguir o Pelé passando a bola para o Maradona *RIP*, e depois um golfinho nadando ao redor de uma piscina natural de Capri.

"– *Leia este cara, ele traz de volta a vida*". E é tão difícil assim trazer a vida de volta? Sem se fazer de cego, mas o que funciona tão bem quanto o apagão num sábado de manhã? O velocímetro deve ter batido 170km/h, e digo isso porque quero, e talvez por isso indiquem este cara; Castiel ou eu, ou quem quiser dizer que escreveu este livro, eu não me importo. Sendo vida, todos temos, mas aquela dança realmente funcionou.

Acabar os textos entre parênteses eleva seu patamar de acordo com a academia. "*Esse cara fala da vida*". Entra a academia, sai o sarcasmo. Velocímetro agora em apenas 70km/h. Pausa para o salame. Ela parou de dançar. A academia é coisa séria (talvez eu não fale da vida). Entendo as árvores, elas devem se alimentar de livros da academia. (Mas que academia?). A de zebras.

"Ele chegou na mesa do diretor, abriu uma imensa fala e arremessou suas folhas em cima da mesa! Esse cara está louco para perder a vida".

Dance, meu amor, estão falando que este livro tem a ver com a vida. O velocímetro em zero, estamos adiante, seus olhos são feitos das mesmas coisas que os meus, não existe competência para logística subjetiva, existe apenas a intenção de narrar.

85

    Entendia muito pouco deste carinho que vinha a troco de nada. Entendia muito pouco, quando Isabel falava sobre seu carinho que não terminava em retorno a quem lhe dava. Entendia, na verdade, nada, sobre o conjunto de horas que esperavam cordialmente a se fechar, sem a leva de texto decrépita, leva de texto intata, leva uma sobre a outra, assim que a distribuição categórica estava para quase morrer. Um farol erguido onde não há orla, num mar onde não há mar. Cintila, dos dois lados, a forma de um rosto, o rosto talvez do mar que não há, e assim trocam de lugar, ele e Isabel. Ele a falar do carinho sem razão, alguma coisa para exaltá-lo desta maneira. Isabel sem carinho, com razão alguma para dançar a música desfeita. De quando em quando, o carinho será de *ambas-pessoas*?

    Está a ficar anêmico. A anemia quer levá-lo ao sacrilégio, derramar o copo, e a bebida a chamá-lo de mãe. Ele, a cuia. Ele, o anêmico. Está a ficar nos ossos, servindo de obstáculo à estirpe, à casta, ao *létodo*. Está a ficar anêmico e poderá dormir nas paredes. Sem fronha, punho ou dor. Está à anemia como está à espiritualidade, os ossos irão levá-lo para o mais alto da torre. A torre não de ossos, do normal, das idas e idas. Idas. Foram. E nunca vindas. Está a ficar anêmico, para saber se, na verdade, durante o depois da morte, dentro ainda da vida, é possível encontrar algum outro verdadeiro nome. Está para doença de ossos, amordaçado na justiça poética de nunca mais atrair mulheres. Está a assustar e levar o susto. A clamar em russo ou na língua que inventar nas calçadas. "*Ele não quer ser mais louco?*". "*Ele é apenas um anêmico*". "*Ele sonhava em ser anêmico*". Vai conseguir. Ele vai conseguir deixar os pequenos fragmentos para trás, ainda em um carrinho de supermercado, sendo empurrado por ele, ou melhor, por ninguém. Vão colocar na sessão de *pets*, por acharem que é brinquedo de cachorro, mas será como seu reino, levado pelo seu carma, escrito pelo seu próprio nome. Quem encostar no carrinho adotará poesia. Está a ficar anêmico, pois é a última falta que seu peito precisa, de todas as outras; ela é perita, doutora, assembleia, procissão e monarquia. Está a se colocar anêmico no meio da mandala que se formará pelos lixeiros, que cuidarão do carrinho por ninguém do mercado ter feito o que devia ter feito com ele. *Lixeiros, esses serão os mais poéticos, esses saberão onde dará o futuro. Lixeiros, os bruxos, os profetas, os historiadores de primeira marcha.* Há de deitar na mandala em cima do entulho. Há de olhar para os furos, olhará para todas as cartas que não abriu, por achar que nenhuma mulher poderia escrever como Pietra. Está a notar que o lixo sai das casas, mas nunca sai do poeta. Está a ficar anêmico, e aprenderá da própria palavra, que a cura não sai apenas para ele. Está a se *anemicar*, a não ver o farol, a mastigar parasitismo, a tentar nadar para trás, mas assim como as palavras o levarão até o lixo, as palavras dos outros o levarão para longe do anêmico. Estará como estava; tendo de admitir que não consegue amar nenhum tipo de Isabel.

Létodo: adjetivo combinado, leproso com letargia.
Anemicar: derivado de anêmico.

86

Costumou a colocar a cabeça debaixo do banho. Um requisito democrático e necessário. Por exemplo:

1 – A editora te dará auxilio de X, arcará com as despesas de hotéis, refeições etc.
– Certo, mas eu poderei colocar a cabeça debaixo do banho?
2 – Tenho uma amiga para te apresentar, ela tem esse seu jeitão, gosta de poesia, usa gorro, parece uma personagem. Disse a ela que arranjaria um encontro com você.
– Certo, mas ela me deixará colocar a cabeça debaixo do banho?
3 – Haverá um ensaio fotográfico, na sua casa mesmo, quinta-feira, às cinco horas, você está de acordo?

– Mas ele me fotografará com a cabeça debaixo do banho? Eu não sei se concordo com isso.

Castiel via, no banho, a melhor maneira de não entupir o ralo com lixo.

87

Não está para as asas dos dedos. Asas menores e maiores, mas não chegam a querer bater asas. Porque o que se precisa saber não chega a estralar as coisas. Essa névoa que se espera dos outros terços. Névoa que, se fosse aberta, névoa que, se todos os outros homens gritassem *"névoa, lá vem ela!"*, e apenas eu não enxergasse névoa alguma, morreria. A frente da histeria, sem nenhum indício de deslocamento. A névoa toma as asas dos dedos, toma este saber das coisas. O homem de névoa não escuta os outros falarem: *"A névoa é definitivamente circular"*. Reconhecer a longevidade da tormenta e, mesmo com as palavras, não exorcizá-la. Desesperador dizer *"eu não sei"*, mas eu realmente não sei. "Tormenta" é uma palavra vazia.

Tenho e não sei. E se caso não souberem e preferirem acreditar no que é meu, vamos. Saio todos os dias e, para onde volto, não é exatamente "volta", mas paro. Pararemos, e eu continuarei acordado, mas como me desperto, não é exatamente com os olhos, mas estaremos. *"Vamos, durma um pouco, eu assumo daqui"*. Sem nominação para quase nada do que me é, "trilhar". Como posso batizar rapidamente? *Horses, oso, vogel, whales, what ever.* DNA de fluxo-espiritual. Se dorme, íncubo, se acorda, continua. *"Você pode me passar certos suplementos de acordo com a altura do sol? Digo; venenos, varelas, júbilos etc?"*. Etc.

Rosa-Pólen-Branca, digo; *cavar-terra-para-os-outros-porque-eu-parei-de-escrever-meu-livro?* Cláusula pétrea, a meia noite e cinquenta e seis da manhã. Certíssimo de tão errado, seguindo o susto a assustar o assustador:

Pietra saltou de dentro do armário na tentativa de assustar Castiel, que, na tentativa de fingir que se assustou, magoou Pietra.

Castiel, em um dos dias dois de outubro, trajou-se de camisa social e sapatos brilhantes na tentativa de impressionar Pietra, que, sentindo o gosto de sangue na mandíbula enquanto segurava o riso, disse "show".

Castiel lutou, durante um ano todo, contra o uso excessivo de maconha por Pietra, que, durante todas as sextas-feiras do ano seguinte, pediu para Castiel comprar maconha.

Pietra planejou uma festa de aniversário para si mesma só com suas garotas e, no dia da festa, apenas uma delas apareceu, ligando assim, às dez e meia da noite, para Castiel voltar para casa, pois não havia ninguém para comer todas aquelas coisas.

Castiel foi procurado, semanas depois, pelas garotas, para ajudá-las a organizar um reencontro de aniversário surpresa, porém, uma hora antes do combinado, recebeu a ligação de que ninguém iria de novo.

88

Testamentos determinados pelas mágoas e feridas sob observação interina dos seres humanos, admiradores da literatura, mas que continuam esgotando-se em redundâncias flácidas (todos se devem um testamento íntimo).

O grande terminava de morder a maçã e retomou a pasta de inquéritos.

– Próximo!

Um magrelo com cara de índio e dentes de jegue se levantou, caminhou até a frente da mesa e ouviu:

– O senhor perdeu oficialmente o direito de compostura humana! Exclamou o gordo-a-net.

– Por quê? – perguntou o mulato apavorado.

– Por não transar. PRÓXIMO!

Uma senhora com vestido de evangélica se levantou calmamente e o olhou com desdém.

O gordo mordia três palitos de dentes.

– A senhora oficialmente perdeu o direito de compostura humana!

Ela o olhou e se virou, mas o gordo ainda assim quis decretar:

– Por não olhar os dois lados enquanto atravessa a rua! PRÓXIMO!

Um frade, talentosíssimo em se levantar sem barulho, ao invés de se sentar, ajoelhou-se.

O gordo indignado com o ato, bramiu:

– O senhor frade está expulso de qualquer comunidade teológica!

– Com a voz de Deus, questiono, por que, meu senhor? – perguntou o frade.

– Por acreditar que eu sou Deus! PRÓXIMO!

Uma ruivinha pequena, de saia curta vermelha, veio no corredor encarando o gordo com um ar de sedução.

– Qual seu nome, pequena anã? – perguntou o gordo.

– Jiselle, com J.

O gordo ficou febril.

– Jiselli com J, você está seriamente endividada com a economia nacional, por não comer carne vermelha! Infelizmente, terei de sentenciá-la com pena de prisão perpétua por setenta e sete dias sendo minha assistente; perpétua se conseguir meu coração.

Assoprando um chiclete sem fazer balão, a anã disse:

– Tudo bem.

– PRÓXIMO!

Um homem pálido, encapuzado, se levantou, ferindo a brutalidade anunciada de "próximo" do gordo.

– Fala, tio! – disse o rapaz.

O gordo olhou para trás e seu assistente, igualíssimo ao *Forrest Gump*, estava a postos para ouvi-lo.

– Wellington, traga aquela pistola de dardos para mim – pediu o gordo.

– Sim, chefe!

O bobalhão saiu correndo por de trás do júri, e voltou em menos de quinze segundos com a pistola.

O gordo pegou a pistola e mirou no encapuzado.

– Para que isso, chefe? – espantou-se o rapaz.

– Seus tios nunca te ensinaram a atirar? – perguntou o gordo.

– Não, chefe. Mas para que isso, chefe? – tentava cobrir o rosto com as mãos.

– Os meus também não, vagabundo! Você está sendo indiciado por ver diariamente pornografia de incesto... – diminuindo a voz por um instante, refletindo para concluir o decreto – Eu só não entendo por que aqui seu nome está como Lucélia.

– Eu sou transsexual, chefe – disse o rapaz encapuzado.

– PRÓXIMO!

– Mas o que acontecerá comigo, chefe? – perguntava o rapaz ainda tampando o rosto.

— PRÓXIMO! – exigia o gordo.

Um enrustido de óculos escuro e postura de segurança cruzou o corredor.

"Clichê", pensou o gordo.

— Você está sendo exilado pela democracia, seu animal.

— Qual a causa, cidadão? – perguntou o homem, endurecido.

— Por ter votado num bastardo do exército para presidente. PRÓXIMO!

O homem foi o único a ser algemado na mesma hora.

Entrava o último acusado pelo júri, um homem de boina, guardando dois maços de cigarros no casaco, sentando-se apreensivamente na frente do júri.

O gordo parecia feliz.

— Você está sendo parabenizado por todos os autores mortos-brasileiros, que deram algum sentido verdadeiro para literatura. Parabéns, meu jovem querido!

O gordo começou a bater palma e se levantou. Pediu para que todos se levantassem. As palmas sacudiam a estrutura velha do tribunal.

— Obrigado, obrigado! – agradecia o homem numa crise de suor pavorosa.

Todos voltaram a se sentar e o gordo coincidiu:

— Mas como as coisas não são somente as belas, você está sendo proibido de escrever em lugares públicos, inclusive em qualquer ambiente com mata aberta desta cidade, nas vinte quatro horas que correm dia após dia durante o resto do ano todo.

O homem parecia aliviado.

— Posso saber o porquê, grande? – perguntou calmamente.

— Por criticar tanto os autores de poesia-autoajuda, arte é união. PRÓXIMO!

89

– A Di Palermo é logo ali – Castiel apontava para a calçada, à direita

– Aquela cantina horrorosa? – perguntou ela.

– Sim.

– Logo fecha.

– Sim.

Pietra agia despercebidamente igual quando eram um casal; narrando seus problemas com Magali, mostrando-lhe calçados que compraria enquanto deslizava o dedo pela tela de seu celular, e cruzando inícios de planos para o fim de semana, até perceber que não estava falando de planos com ele. Castiel sentia-se realizado, mas com algum espasmo físico oculto que, mesmo nos poucos semáforos que se fechavam, não conseguia decifrar.

Outro semáforo se fechou e ela descruzou as pernas.

Era sexo. Estava engasgado porque sentia que fariam sexo.

Avançou com carro e outro semáforo se fechou. Pietra fazia-se de distraída, olhando por sua janela com as pernas abertas. Uma de suas mãos seguravam o cinto e a outra fazia o alicate com os dedos prendendo os lábios.

Castiel sentia suas pernas adormecerem, não sabia agora se voltava para o trânsito ou se procurava os acessos alternativos que pudesse.

"Ela não vai trabalhar", pensou.

Mais um semáforo se fechava e agora perto da ponte Euzébio Matoso. Castiel tentava pegar sua mão esquerda que segurava o cinto, mas ela recusava.

– Calma, olhe isso – disse, trazendo sua mão até o seu peito, que guardava um coração erroneamente descompassado.

Ela sabia o que era.

– Achei que ia colocar no seu pinto.

— Não, mas você sabe no que eu estou pensando.

Pietra ficou quieta.

Andaram mais um pouco e, no último semáforo, antes de pegarem a Raposo Tavares, Castiel perguntou:

— Posso parar ou não?

Ele se referia ao motel.

— Eu preciso trabalhar.

— Posso parar ou não?, insistiu.

— Uma hora no máximo, eu não posso chegar tão atrasada.

Todos seus nervos se aliviaram. "Nós vamos voltar".

Parou no primeiro motel que viu à vista. Pietra sempre teve vergonha de deixar sua identidade com as recepcionistas dos motéis, dizia: *"Imagina se um dia, a mulher nos conhece"*. Castiel achava aquilo impossível, ou simplesmente não achava nada, só queria transar.

No estacionamento do motel era a mesma coisa:

"Vamos logo, alguém pode nos reconhecer". Como se alguém, mesmo os reconhecendo, parasse para conversar no estacionamento de um motel.

Entraram no quarto e Pietra foi direto ao banheiro. Castiel estava gelado, não sabia se ficava pelado ou se a esperava, não queria parecer pretensioso, mas também não queria parecer que perdera o jeito.

Pietra saiu do banheiro, seminua. Ele arrancou as calças num segundo.

Estiraram-se na cama, o mundo abaixo deles. Ela despida como menina, sensível, sem sexo, violentada pela saudade e pela humilhação do orgulho. Era exageradamente melhor do que as outras vezes. Todas as vezes. Eles não se pertenciam, mas se amavam.

90

– Somos todos cantores impopulares de melodias sujas – disse Isabel, baixando a música.

Castiel fumava outro cigarro, agora de pé, batendo a cinzas na rede de proteção para fora.

"As mães."

– Quando você tiver fome, me avise, benzinho – ela disse.

Não devia ter dito. Ou seja, ela tinha preparado o jantar e isso não fazia parte deles. Um azedume lacrimal ameaçou-lhe descer. Parecia a bílis subindo aos olhos. As pessoas são horríveis enquanto substitutas.

Sentaram-se à mesa. Castiel afirmou que tinha fome para não magoá-la, a comida estava feita e todo o diálogo de *"parâmetro de vida gastronômico"* tinha que se fazer jus agora.

As panquecas estavam uma delícia, de carne e de queijo. Isabel comia devagar, como se tivesse inflamações pela garganta. Engolia com um barulho opaco, algo caía dentro e lá dentro, não se sabe.

– Quando come – ela disse, com meia boca cheia.

– Quando come o quê?, perguntou Castiel.

– Seu bigode não fica sujo quando come.

– Não, não fica.

– O bigode não fica sujo! Eu queria chupar este macarrão! – dizia Isabel, deslumbrada com os poderes do vinho.

Faltavam três panquecas, eram seis; ele comera duas e ela, uma. Ele queria comer mais, mas achou rude.

– Vou pegar mais uma – ele disse, tomando a colher em mãos.

– Eu coloco para você – ela interrompeu.

Não devia. Aquilo não eram eles. Ninguém precisava se ajudar. Deveriam manter espaço aberto.

– Obrigado! – disse Castiel, agora sem fome.

– Isso é tão natural, não acha? – ela perguntou, sentando-se.

– Isso o quê? – ele perguntou.

– Nós, aqui jantando, tomando vinho como um casal.

(Ele não estava bebendo).

– É – afirmou.

– Eu já volto – disse Isabel.

Ele não queria deduzir aonde ela iria, mas era ao banheiro, e estava torcendo para aquilo que acontece, depois de as mulheres irem ao banheiro, não acontecesse.

Sua mãe e sua filha dormindo em outro local, o apartamento perfumado com incensos de lavanda que não se mesclavam com as panquecas, as superfícies dos moveis absurdamente limpas. Sua angústia virara raiva. Nada no apartamento era inspirador. Nem mais seus seios tinham vigia, pareciam abóboras passadas do ponto, sendo espetadas por um garfo. Apenas seus dentes, que no começo o incomodava, voltavam a lhe encarar. Os defeitos ganharam a primeira fileira, e a garota reverente, possível reencarnação de alguma poeta, se fora. O que sobrava a ele era ser o defeito, o mal pensado, a insondável falha na noite artificial.

Isabel voltou do banheiro com a aparência mais pesada. Estava começando a imaginar como seria o sexo depois daquilo. Ele percebia sua concentração menos criativa, e a sua perseverança em olhar para sua boca. Era sexo. Era sexo o que Castiel se recusaria a fazer com ela.

Estar com Isabel era apenas provedor, e não amor.

91

É a teia. E as hienas vêm de baixo, as hienas vêm de cima. É a teia. Compromete-se o teto por achar que é empecilho, e as hienas vêm dos buracos do chão. A teia. Pessoas andando na esteira, o embasamento dos olhos às palavras depois do suor. A teia. Mas o que é natural para o mundo de hoje? As hienas com a cultura das hienas. As hienas com menu das hienas. Cônjuges ou parentesco, hienas. Ascensão, sinais, "*des-força*". Precisamos dessa força. Desgrenhar os cabelos nas palavras, e o sol nota o que eu quero dizer. O sol quer um escritor. Eles hão de querer jogar, e jogarão, mas em sua primeira jogada inigualável irão acusá-lo; "*ele está roubando*", e de fato está. Honestidade é um roubo baixo. A teia. Equilibrado e sem chance para reação. À toda exaustão, uma coima; para toda predominância, um extraviado. Os prestadores de atitudes estão na cruz, vagueando a paz dos astros, servindo de alimento condicionado ao povo. As hienas. A poesia varre o grosso, enquanto a grande torre rema a maré vazia, maré de todas as milhas. A aura da proteção poética, os guardiões das palavras macias, devedor de sonhos, o parasita e o paraíso, o poeta confundido, a teia. À margem da obra prima, a divindade desta inspiração apodrecida. Todo banco em que se senta é decadente, corpo doente, de tanto tentar telescópio as retinas reaprendem. Mas a casa dela já não existe, mas sim, a casa dela é triste, e só ele pode levar alegria. E para alegria, fogo; e para menina, o poeta. A incompetência de não atravessar os muros, aos murros, ou as rodas; "*Sol, por favor, me dê o que meu âmago quer, minha cabeça já não consegue pedir*". "*Mas âmago, acerte no que quer, minha cabeça vai interferir*". Palavra como gota de ouro. Errar a cabeça dos elos, minuciosamente; as pernas param, as pedras entram. Corpo atribuindo entrada, entrada atribuindo corpo. No meio do espectro, amor-de-dorso. Transar com a cama e depois lhe chamar. Regar o vaso depois pôr a flor. Pintar o quadro e depois te colar. A canção-de-traje, o traje a permear a casa, a casa a levitar o corpo. E se fugir, saber onde está, não fugir à vazão. Sem hienas. Diga não às hienas. Os elevadores carnais a desabar nos riachos azuis, e não tem como se duvidar, a vida é um motivo de encontro, o fogo, a menina, o poeta. A palavra ressignifica a distância e, para escrever sobre distância, eu mato todas as hienas.

92

Mesmo que de tais silêncios e de tais companhias, nós procuremos opiniões. E talvez iríamos nos perder ou você o trair. Trair a companhia mesmo sendo uma amizade tua; *ventre ficando para trás do artigo*. Porque é assim que andam os recém-solteiros, fazendo promessas entre os amigos, de que não voltarão para suas relações passadas. E isso seria uma traição, não sei se das mais caras, mas também iria acabar sendo uma traição. Você já deve ter prometido, para tudo que é vivo e não vivo, que não voltará para mim. Então, minha única chance de que nós possamos nos olhar é te convencendo a cometer uma traição. São ambas missões, são ambos propósitos, mas pode funcionar.

E um grande brinde à ostentação das iniquidades de quase hoje cedo, de quase hoje de manhã, de amanhã, dessa porção com muito sal que acaba no 'quase nunca'. Você não me acompanhar no cigarro é uma coisa, mas você não me acompanhar nas palmas das mãos, é uma desgraça. Deve ser funcional; você amar o próximo enquanto o outro escreve para você. Você gozar com outro enquanto o outro goza pensando em você. Você dizer "prometo" ao outro, enquanto eu prometo não parar de escrever por você. É genial. Sua contextura sem contexto, sublinhada por mim, e que talvez estivesse em toda costura de suas roupas, sem que você soubesse. Sim, este livro, te fazendo comprar as roupas que exatamente te fariam essa mulher. Mulher que, de tudo, me ensinou a ser homem, e logo depois agiu como deve ser uma grande mulher; acreditando na educação do próximo. Eu tento de crer que lá fora este descuido é meu, mas sei que isso é apenas distância sendo distância.

93

    Insetos, pássaros, e quantos desses que voam sem voz e estão entre nós? As reticências uso para enturmá-los. Colocar a cada origem de natureza, o mesmo direito de se hospedar, deixando claro quando irão presenciar a entrada de casais, crianças ou cachorros. E se as exigências acabassem, encontraríamos uma porteira, encontraríamos uma fechadura, e colocaríamos os mesmos que conhecemos para o lado de dentro. Insetos, pássaros e seus começos intermináveis; a liberdade de olhar o céu de qualquer lugar, subir com o respectivo peso, subir com os ouvidos interligados. Pássaros, insetos, sobrevivendo a desventura do incômodo, voando enquanto há suicídio, voando enquanto há amor, voando enquanto há encontros. Como chamar de casa um lar de paredes? Pássaros, insetos. Voando entre invasões, voando em bandos a não se conhecerem, tendo em mãos o que nunca teremos; sonhos.

94

O equilíbrio humano. Não aproveitar o que há de inteiro na vida. Sair a cidade com a força de gênio, entrar em casa com força nenhuma. Há dois pássaros em mim, e eu tenho certeza de que eles se odeiam. Uma parte não amar a outra; deve ser isso o desvio-comunal-permitido, para que o incrível deslanche em plena área de aves, gravite.

Pois mesmo o mistério, ao menos grande parte dele, acaba-se no meio de um dicionário. E não é na parte do "M", mas nos chamados de emergência. *"E agora, como posso anunciar, como posso discutir, como vou me portar?"*. Então o mistério acontece, alado, do Z até os sinônimos de azia, podendo realmente parar de ler palavra por palavra quando se entra em *poét*. Pois o mistério não é poético, dada a demanda de vida, e a poesia não precisa ser poética para continuar sendo o mistério.

Há de ter cometido dezenas de cartas sem destinatário e, consequentemente, sem remetente, pois a coragem, neste caso de linguagem, chega a ser maior que nosso nome. Se não pode escrever, o que há de ser do espírito? Então para acabar o 'mistério' que a rui a noite, retorna-se ao comprometimento da linguagem, antes mesmo do dicionário fazer parte de "*qualquer outro livro das hienas.*"

Portanto, a música com que se começa acaba-se e, tão breve, pareceu, no começo, o leigo domínio do final, a se estender com o triplo de coisas que se pediu quando se veio. Na metade, pediu mil vezes para que fossem embora e, antes de entender o que era, quando estava a reduzir o badalo das cordas e cerdas do paradigma "*portuguesal*", choramingava com as mãos pesadas de chumbo, pedindo para ficar e já estava ficando.

"*O menino não sabia o que estava fazendo grande parte do tempo. Se mandava para os lugares que os outros diziam, mas percebia que ninguém falava sobre o que estava acontecendo. Se chateava profundamente, assistindo a eles liderarem o universo desconhecido, contando fantasias óbvias,* manuseando o incômodo, as síndromes de infarto, as quase quedas epiléticas com os tragos de bebida elegante. O garoto, este garoto, sabia sonhar, mas ninguém queria dizer a ele que era excepcionalmente o único".

O desequilíbrio a ser esperança.

95

Levantei-me da mesa seguro de que faltava pouco. Isabel segura de que iríamos transar. Voltamos os dois para varanda e nos sentamos. Ela estava cheia de dançar, mas para transar, com certeza, não. Olhava para os seus dentes, mas ela entendia que era para a boca. Isso não me ajudava. Se eu tivesse cubos de gelos, tentaria arremessá-los na sua garganta.

– Fumar – eu disse.

Ela me estendeu o meu isqueiro. Estava quieta, pensava agonizantemente nas imagens eróticas que queria viver.

Eu tragava a fumaça, orando para que ela começasse algum assunto. Não começou. Joguei a bituca fora, perto da igreja. Não pedi perdão.

Isabel se levantou e não disse nada, entrou corredor adentro. Eu olhava pela casa, pedindo ao beta que a mamãe não voltasse nua. Olhei para os pratos, em cima da mesa, endurecendo o molho de panquecas.

Tinha decidido o que fazer. Ela voltou, graças a Deus com a mesma roupa, mas ainda mais pesada e faminta pelo sexo.

– Você pode beber agora? – ela perguntou.

– Eu vou lavar a louça – disse, convicto, passando pela divisão da varanda.

– Não precisa, você enlouqueceu? – disse, quase rindo, sem querer rir, mas percebendo que a louça era a anulação do sexo.

Retirei os pratos da mesa como um garçom prendado, bem pago, querendo estar no emprego por mais horas do que em casa, por algo opressor, não ir muito bem.

Lavei os pratos rigorosamente. Nunca esfregara tanto dois círculos de cerâmica. A louça estava lavada. Isabel sentada no sofá, olhando para um bloquinho de anotações em que devia ter anotado: "Ninguém quer me comer."

– Vou ao banheiro – disse, saindo da cozinha, sem ter que ir até a sala, virando à direita no corredor e entrando no banheiro.

No banheiro, onde se pendura toalhas, o casaco igual ao meu, que ela usava no mercado, respirava. Achei gozado, principalmente por ter finalmente encontrado algum assunto.

Abri a privada, ela tinha cagado. Achei-a insensata por estar naquela atmosfera rica de hormônios mesmo com a bunda suja.

Enquanto eu urinava, pensava em como dizer: "Eu estou indo". Seria muito mais fácil se ela não tivesse planejado tudo aquilo. As panquecas, a mãe e a filha fora de casa, a hora da dança para que eu escrevesse. Eu me sentia um monstro, mas eu apenas não a amava, e era apenas isso.

Voltei para sala, pronto para comentar sobre o casaco. Isabel escolhia outra música.

— O tempo pode ser o mais rico – disse ela.

Percebi que, no fim, ficaria claro o que era exatamente de quem.

Tentei não me sentir mal por ter estragado a vontade de transar de uma mulher. Abandonei por hora o assunto do casaco.

— Perfeitamente – afirmei.

— Obrigado por lavar a louça, foi gentil.

Ainda não éramos nós, mas eu também não estava sendo eu.

— As panquecas estavam ótimas.

— Obrigado, minha mãe as fez e deixou para nós.

Ouvi de novo a bílis borbulhar, mas me contive.

"São apenas as mães".

— Eu posso beber agora – falei, abreviando a contrição caótica em que estava me envolvendo.

— O vinho está ali fora, pegue a minha taça – sugeriu.

"O dente".

— Não, você ainda irá beber, eu pego outra.

Mesmo sem saber se poderia usar as taças que estavam no aparador, peguei uma delas e me servi do Malbec. O *pinot* francês do mercado ainda estava lá.

Isabel estava mais tranquila, veio sentar-se comigo, amigavelmente.

— Retomar a garrafa, retomar o poema, retomar a saudade, a madrugada é uma retomada – disse, em amenidades.

Ela fumava talvez o nono cigarro.

– Portanto o sol... – soltou a fumaça – É só outra coisa alcoólica que passa do ponto todas as noites.

Degustava o vinho que estava quente, sabendo que, a partir dali, era apenas colocar as palavras certas decifrando o gênero. Sempre achei que as vozes fossem o termômetro da alma, e a de Isabel havia mudado, mas não pelo sexo.

– A angústia só passa quando o motivo da angústia acontece – afirmei.

96

— Andei pensando numa coisa — ela disse, tragando várias vezes o cigarro. Estava séria, bem séria, o rosto entabulado numa destreza gigante.

Eu segurava a taça pela haste. Isabel tinha uma vigília dupla; meus olhos e minhas mãos. Queria ambos prestando atenção nela, e nós três prestávamos.

— Ando pensando em morte.

"*Eu também*", pensei.

— Certo — respondi.

— Ando pensando em me matar.

Ela não estava mentindo, mas também não estava falando sério. Podia ser o vinho ou o fato de eu ter recusado o sexo; ou seja, ela estava omitindo, procurando formas súbitas de me manter ali.

— A morte, morta ou... — eu não sabia o que dizer então parei de dizer.

— Eu tentei me matar — afirmou Isabel.

Não faltava pouco.

— Você tentou se matar? — perguntei, procurando não mover nada além de meus lábios.

— Sim.

— E por que não conseguiu?

Dó não servia. Nem minha ironia medonha perante isso de paz absoluta. Me fiz de apenas ouvinte, apesar de ter passado por mim qualquer dor estranha.

— Helena apareceu — disse Isabel.

Ouvi nos meus ouvidos como um *déjà-vu* sonoro:

"*Isso tudo vai se ajustar*".

Levantei a perna para verificar se eu sentia meu corpo. Bati na mesa, mas sem derramar o vinho. Isabel estava toda em meus olhos. Quis falar rapidamente antes que me lançasse alguma pergunta.

— E o que ela fez? – perguntei primeiro.

— Veio me pedir para passar esmalte em suas unhas.

— E você?

— Passei, chorei, a abracei, e agora apenas penso nisso como um dia ruim.

Enchendo-se de lágrimas, Isabel colocou a mão direita aberta sob os olhos, como um leque que ficara preso aos cabelos, mas não funcionava.

— Você nunca pensou nisso? – ela perguntou.

"*Todos os dias*".

Do monstro à epopeia;

— Não consigo imaginar meu corpo sem abrigar minha alma.

Estiquei minha mão esquerda para ela, não queria abraçá-la, seria constrangedor. Então, improvisando uma advertência cuidadosa, tentei continuar com o papel de estranho.

— Você já deve ter se perdido da sua mãe, num parque, num passeio, e eu também. Não imagino como deve ser, nunca mais encontrá-la. Helena está aqui, para te lembrar disso. Não seja injusta com ela.

Enxugando as lágrimas, fez um carinho breve em minha mão. Sorria, triste. Não queria que a filha existisse. Não queria existir. Naquela noite, queria apenas transar.

Levantou-se para olhar da varanda, talvez as casas em que se fossem menos infelizes, porém isso era tão irreal quanto querer se matar.

Me juntei a ela com dois cigarros. Parecia terminar um ciclo, mas eu não era o ciclo de ninguém. Nunca havia sido o fim de nada. Jamais tinha sido humano suficiente para entender a estagnação da vida perante um filho. Não era bom ela enxergar isso.

— Se a vida fosse uma semente, eu pisava em cima antes de ela alcançar a terra. Olha tudo que viramos.

Isabel não mentia. Apesar de que eu quisesse que ela estivesse mentindo. Ela que achava sádica a literatura.

– Sorte sua ter me conhecido hoje – falei.

– Você era como?

– Como você. Queria pisar nas sementes, e olha o que sobrou de mim.

– Pietra – respondeu Isabel.

Eu me afastei da tela, deixando cair uma faísca em seu ombro, esperando que ela mesmo dissesse o que eu tinha de dizer.

– Talvez eu precise conhecer alguém como Pietra – continuou.

Não devia ter continuado.

"É, olha tudo que viramos".

Ela não precisava daqueles pensamentos, não naquele agora. Mal sentiu a faísca lhe triscar.

– Não fale bobagens. Você precisa de alguém como você – disse, tentando replantar a seiva que a escapava, mas a gastura de parecermos infantis começava me transtornar.

Era bom ser infantil, mas em outras circunstâncias. Não com tais fins. Pior, fins que não começaram.

– Me desculpe – falou.

Eu odiava desculpas.

– Se você quer tirar de mim uma boa influência, que seja minha preocupação em não influenciar ninguém. Isabel, existem problemas maiores por todos os lados, mas felizmente, fora da minha vida, eu não sou ninguém; tente acompanhar o que eu disse com as suas escolhas.

Ela tentava não me odiar, não chorar e falar.

– Você chora pela memória, não pelo jazz – retrucou.

– Não quero te magoar dentro da sua casa.

– A vida por si só, não respeita a nossa casa.

Entrou. Penso que tenha ido buscar outro vinho, pelo barulho que ouvi das garrafas se batendo. Agora beberia para não chorar. Agora beberia para amenizar; mesmo eu, que não tinha ninguém, ainda assim não a queria.

– Terminando esse cigarro, vou embora – avisei.

– De novo? – perguntou do outro lado da sala.

Ela voltava às lágrimas fornidas. Arremessei a bituca de novo na igreja, recolhi meu isqueiro e caminhei até sala.

Eu mesmo abri a porta.

Não disse a ela para que se acalmasse. Entrando no carro, eu lamentava a falta de absurdo, de exagero.

97

Vê? Seus olhos eram como o horizonte, agora são como os meus. O que será que meus olhos são para você, além de duas bolotas negras, demasiadas baixas e ilegíveis? Venho te oferecer, dissimuladamente, a oportunidade de você me deixar, dizendo que, independente da sua escolha, por todas as dificuldades que é manter um relacionamento com o tácito, sufocante e cansativo escritor, jamais se lembrará de mim. A primeira vez, em cima de um freezer vazio daquela churrasqueira inativa do antigo clube, teu perfume que pensei ser *BVLGARI*, do seu coturno feminino preto, a marchar como uma boneca sob a neve alta, tendo dificuldade de decidir as histórias do cardápio em sua viagem à Roma, de quando comemos aquele pão italiano velho, que só se cortava com as mãos e os farelos ficavam por nossas roupas. Quando me mandava tua localização dizendo; estamos a um "HB20" de distância. (Ao menos você não tinha um sedan).

Como é estranho o poder da intensidade. Suspirar por tua alegria e não me sentir culpado por não completar seu exímio. Não quero que isso se repita, até porque, aqui, encontrará onde isso já foi feito. (*No fim, ficará claro o que é exatamente de quem*). Não sei por que o amor me ensinou a fazer mal, mas, algumas vezes, faço por apenas ter medo de fazer e não conseguir fazer de outro jeito.

A irrefutável vontade de acordar amanhã e saber que não temos absolutamente mais nada, e que não dói não ter nada, e que você entendeu, docemente, a minha perdição entre crer em alguém e idealizar compostos elegíacos em cima da existência. Te daria três razões para ir embora, três razões para ficar e até três razões para nunca mais se decidir. Os espelhos acompanham o cérebro, e não os olhos. A sombra continua sendo mais veloz que o corpo.

Bateria-destoante-numa-escola-de-rock.

Meus problemas não são maiores que os seus. Mas os seus, com certeza, eu usarei para escrever, e os meus, você apenas escuta e, depois de jantar, defeca e toma um banho. Então meus problemas, de certa forma, são mais carinhosos, carregam uma culpa menor por eu ter os causado do que os seus. Pois alguém que leva os problemas do outro para frente, mesmo em silêncio, e que, possivelmente, chegará a uma solução extravagante, pela mania própria de adaptar a intuição à improbabilidade, e a consertar, desconsertando o erro do acerto, porque, se depois de um adeus, o futuro virá a ser o mais diferente e "contra sentido" do que se possa imaginar, ele só poderá ser o retorno para a mesma incerteza. Não encontrará maior surpresa do que permanecer, quando tudo ao redor pedir para partir. É como pensar no que andou buscando a esmo, e ver o que faz para o outro. É explícita a graça obtida pela observação de recolhimento. E, com certeza, "observação e recolhimento" não é tudo o que rondeia a execução do que estou a abreviar.

Essa indefesa e estreita voz que brota longe de qualquer pavor, qualquer "usual", qualquer receio de quem a persegue, fora do alcance da própria vontade, fora do alcance da percepção defensiva de quem olha, fora do alcance da estrutura material. A regalia da vida vem com a honra ao amor. E mesmo depois dessas palavras, me lembrar de dizer: "*É exatamente isso, por isso, como isso, fazendo isso, isso mesmo, isso tem de ser isso mesmo*".

Desta honra não compactuada comigo, e que, às vezes, profiro sobre você, e que, sem ferramenta para responder ao meu "*viver é menor que amar*", imitando a harmonia-métrica da canção "Como nossos pais", apoia os joelhos e se senta na cama em pernas de índios, para me explicar lentamente que não vai desistir de nós, que não me abandonará assim banalmente, de que está comigo, e repete "*Estou contigo, estou comigo, estamos juntos*". Até que meu sorriso prove que eu entendi ou, pelo menos, que você é muito linda para eu não acreditar.

Isso de eu ficar apenas vendo aonde você chega, e se descobre, e se atenta, e se desculpa, é absurdamente lindo. Mesmo sem minha opinião. Te ver daqui é importante. Eu já sou onde você morre. A sorte disso? Apenas sentir. O azar disso? Talvez não amar. Se não fico com os olhos arregalados com suas frases ineficientes, embora audaciosas, me perdoe. Talvez eu já tenha passado por muito. Também senti lágrimas rolarem ao círio de alguém, a segmento do destino, e eu não vou dizer que suas fases são ignorantes, eu não vou dizer que eu já sei de tudo, mas, em frente ao tempo em branco e a um livro inolvidável, nenhum bom senso, nenhuma onda, ou nenhuma reconsideração de epítome inábil, chega a me comover antes das notas musicais.

Eu choro pelo que eu amo.

E apesar desta misantropia que se deita em meus braços, fazendo me cair sentado; deitando-se sob minhas coxas, panturrilhas e coluna, hoje seria bem-vindo alguém que conseguisse me fazer deixar entrar. Ou as pessoas se descortinam rápido demais ou a poesia nos ensina a ser videntes. O que das coisas vis, ainda irão me tirar da vitória-constante? Por que o mais despreparado de mim ainda põe em paralelo a sensibilidade, com as fúrias atônitas que passam como caminhões cegos pelas lapelas inumanas? Pareço uma página arrancada, pedindo para um amputado me colocar de volta no livro. E de alguma maneira onírica, o amputado torna-se a noite, e a noite me coloca no livro, porém até cair a noite, eu tenho a sã decisão de me esvair com os ventos. Os ventos não deveriam ser de feltro. Eu escuto todos os seus verbos. Minha sorte depende de um amputado, e eu não sei se um amputado merece se casar com alguém que não escute os verbos do vento.

98

A literatura é agridoce. O layout da cidade é uma furadeira, e eu não tenho como dizer que isso não é perfeito.

– Qual a sua preferência de cuidados, em relação a sua saúde; a escolha de cardápios veganos, a frequência de bons exercícios ou uma forte suplementação?

– Dostoiévski.

– Perdão?

– Saramago.

– O senhor pode ser mais claro?

– Fernando Sabino!

Para maiores esclarecimentos, adentrar pela única plataforma vermelha e branca de vídeos; Vinicius de Moraes, Canal Oficial; Painel Otto Lara Resende, entrevista Vinicius de Moraes (1977). 8:00 minutos.

"Vivo fora do frango!" Aminoácido ou trembolona? Intracelular, intravenosa, para atrair a evolução dessa corrida, de 32cm para 46cm. Regra de dez a cada um ano. Inacreditável que há pessoas mancando por terem levado uma picada no bumbum. Que tipo de esteroide ajuda as mãos escreverem as cavidades onde eu dificilmente toco? Depois das quarenta linhas, o livro ainda é uma torta de frango.

(Seios que ficam vermelhos com massageadores me atordoam, mas, se minhas mãos ficassem vermelhas enquanto escrevo, eu teria de creditar meus livros a ciência.)

Um médico não pode conseguir ler mais poemas que sua mulher. Quando a pauta é o ser humano, esqueço que sou um, pois julgar o *devanir* é ligeiramente-literário. Minha cabeça pode, sim, ser uma sacola da alma, alma mais que alma, alma que recolhe das outras almas o que o corpo delas não obedecem, mas como toda cúpula, ela fali.

Cabeça falida, cumprida, que descumpriu hoje com dever de ser *teodóro*, (repertório-de-teor-inodoro.) Como se o poeta fosse o caminho estreito das não-almas, como se o poeta fosse o passageiro a decidir o que apenas é alma e o que apenas é corpo. Como se os outros abdicassem somente das palavras "frente e verso" dos livros dos poetas.

Manhã com garoa, antipatia em pessoa. Como dizer;

"Você tem bafo?" ou *"Te beijar parece que virou uma incógnita"*. Ou: *"Temos um elefante no meio da sala."* Pois, ao homem, sinceridade que fere deve permanecer cultural; ou seja, inexistente. Ao homem, estendem um chiclete, outra cerveja, como dizendo: *"Quando você quiser notar o fedor de merda que está vindo da sua boca, então tente tomar uma cerveja, eu tomo o resto se você não aguentar"*. Para quem não escreve, quanto tempo leva para reagir? Eu traduzo a alma, e não é fácil traduzir o corpo, porém, se eu encontrar alguém a altura de solucionar o caso do mau-hálito, eu direi que ele pode traduzir os dois. Eu poderia ter bebido da mesma taça que Isabel, mas eu simplesmente me senti horrível.

Trembolona: esteroide-anabolizante, usado em cavalos.
Devanir: opção menor agressiva de transgredir.

99

Não chegaremos ao akáshico, ao clássico, ao lindo cenário abissal. Seu frêmito infindo, a sorver suas mãos numa cadeira de rodas, e eu lhe perguntando;

"Mas quem é você?". Não ajudarás a limpar minha merda, minhas palavras ditas, a mídia apunhalando minhas confusões. Não enterraremos um filho juntos. E eu cantarolava perto dela "tinha uma pedra no meio do caminho", sem saber o porquê da citação, mas talvez na sincronicidade perfeita de Pietra preparando-se em dizer: "É o fim". Eu lhe dava a resposta, como se minha própria incapacidade de fazê-la feliz, me provocasse a dizer aquilo naquele momento; "tinha uma pedra no meio do caminho"; e você só precisava dizer; "sim, é você..." E como seria agradável, ouvir e agir de acordo com os comandos veridicamente ditos, porque "eu não quero te ver" exprime "venha atrás de mim".

A única terapia que me sobra é não reagir à distância.

100

    Primeiro morre-se alguém de perto, depois percebe-se que dá para se morrer, depois nota-se que se morre de várias formas, então entendemos que vivemos tomando cuidado para não morrer, então achamos que estamos morrendo à toda hora, e quando se morre, mal chega o momento.

    (Há um dia de delinquência inevitável, a mulher grita que está bem, e o poeta também. Mas ainda persistem certas frases, como: "Ninguém mandou querer de tudo"). A poesia de olhos fechados faz uma mulher sumir? Ou: *18/09/2077*, a primeira vez em que uma mulher inteira observou um poeta inteiro; no dia de seu enterro. Uma mulher não consegue voltar do enterro de um poeta. Sacas adaptadas para poetas mortos. Irão enterrar sem ele resistir, até que o calmante termine o efeito. Acordará asfixiado, então descansará com o último poema, de homem e peito. Mas como se descuidar, sem comprometer a *magnum opus* a desaparecer com o fim dos capítulos, a chorar com isso, chorar de ver isso? Isso acontecendo. "Isso", de Chico César. Isso, das pessoas estarem a ganhar filhos na sua frente, e você escrevendo. *"Me dê licença, preciso ver como sai, como chora, como implora por isso de estar a nascer e não saber se vai ser como eu, ou como vocês, se irá fazer um filho como esse, ou um filho como aquele".*

    Isso de ver que, daqui a pouco, um filho virá a ser importante para Pietra. Isso de que Isabel talvez me quisesse cuidando de Helena. Isso de entender que os filhos dessas pessoas são mais poesia que meus livros. Isso de me entontecer com o retorno inválido das estações. Isso de lamentar os filhos dessa gente, por não serem meus. Quantos filhos, quanta gente. Estão a fazer família, estão a medir a febre de suas crianças, estão a conhecer o verdadeiro mundo, estão a fazer minha *magnum opus* se entristecer, sem nem precisar perder as pontas dos dedos.

    Me enterrem com o T, me enterrem com o F, me enterrem com o R e, quem sabe, com o J. Aparentemente, eles são os únicos que podem cavar a terra. A geometria dos outros só gerará mais discórdia. Deixe o C apenas para o meu nome. São como os cigarros, você compra para te matar, mas também para fazer palavras. *Dita, dictalábios, dictatubes, dictadores, dictação, dic, dicionário, não, não terás soluções.* Estou consultando apenas o martírio. Aparecer ferida, a reaparecer na rua, a desaparecer de inveja, a palpitar murmúrio. *(Este livro tem selo oficial contra olhos carregados de frustrações).* Zero, um, zero, zero, no máximo um, volta zero, um, encosta zero, volta um-de-zero a um, em zero tempo, de um a zero, um momento, volta zero e um tomando tempo, com um e zero fazendo muito mais que muitos pedante-arredio a se acharem escritores com talento.

"E se eu tiver de reencarnar de novo, com certeza será por outros poemas".

101

Castiel abriu a carteira no banco e, com certeza, não foi para procurar Pietra. Tinha bloqueado sua senha do cartão, e o próximo na fila de espera era ele. Havia se passado alguns meses que ninguém voltava, e apenas a falta de dinheiro intitulava o "pelo menos, no passado para sempre."

Que um banco não é um lugar que se recebe bem os escritores, isso ele já tinha em mente. Inclusive, todas as vezes que precisava comprar alguma coisa parecia realmente que os empréstimos na verdade não faziam nada por ele, a não ser lembrá-lo de que vender livros parecia inútil.

Agonizado com a demora e com a vigília do guarda que não desgrudava de seu revólver na cintura, fez como fazia nos elevadores, em discussões, ou em qualquer epicentro menor que seus poemas, olhou para baixo.

Vasculhando a carteira de couro marrom, encontrou seu documento, uma nota de cinco reais e finalmente o cartão bloqueado. Voltou a fechar carteira e permaneceu com ela em mãos, como um cubo-mágico prestes a revelar a sua magia.

Olhando a carteira para evitar olhar para o guarda, notou seu fundo falso esquecido, onde devia ter aberto uma única vez e nunca mais. Abriu imediatamente, certo de que seu número seria anunciado. O fundinho era estreito, por isso passava apenas o dedo indicador pelo espaçozinho, mas foi que acabou encontrando um pequeníssimo terço, brilhante e singelo. Olhou para a senha e nada. Trouxe a carteira para mais perto dos olhos, a ver por inteiro o fundo falso, encontrando um retalho de papel branco. Pegou o papel com dois dedos e o virou para frente. Uma foto ¾ de Pietra.

Levantou-se rapidamente e entregou a senha para o guarda, que quase sacou o revolver em direção a ele. Caminhou desengonçado para fora do banco em busca de ar fresco. Sentiu vontade de gritar, mas a fila de pessoas dobrava a calçada e o quarteirão. Olhou mais uma vez para foto, e voltou a guardá-la no mesmo lugar.

102

Você ainda acorda com seu pequeno shorts, acendendo um incenso em sua janela, virada para um muro alto, desanimador. Mas a graça é o poder momentâneo de sua casa ser sua. Senta-se na frente do espelho, passando as duas mãos pelo cabelo com certa densidade, depois o prende. Será que finalmente escolheu qual o melhor tamanho para eles? Ou o cortou novamente? E se levanta, vai até a cozinha, sabe que não fará nada na primeira ida, mas vai ainda assim, e não faz nada e volta para o quarto, dobra suas roupas, e finalmente chega ao banheiro para o seu longo banho. Planeja, de olhos fechados, o que fará até antes do almoço, enquanto a água leva o desperdício de seu não-amor para o ralo. Sai em meio a nuvem de vapor, e se senta na poltrona amarela de sua mãe, ainda de toalha. Seca os cabelos sem pressa alguma, e no que você pensa neste momento, eu também não sei. Antes, talvez, se perguntasse a que horas eu iria tomar o meu banho, mas agora, eu realmente não consigo pensar. C' est la vie, poète. Talvez eu comece a agradecer, por ainda me lembrar disso.

103

    Espalhar camomilas. Como um burocrata nu. Sem a vibração de duas conversas, minha cabeça vira um ovo. Dédalo. A fresta entre o lírio e a cascata, fonte de ar de Prometeu. Meu fim de ano cristão foi um suador intermitente. Rogar pelas rosas, tendo a isca presa. Minha cabeça ainda é um ovo. Camomila na casca de ovo, perfume terapêutico, relógio inteligente. Avise o ovo quando estiver pronto. Pronto é contar para trás. Pronto é agradecer para frente. Um Jesus nu, que agradece a inutilidade com o devido humor de sempre. Uma bucha com narinas, sinto-me a bruxa das pequenas vilas, sinto-me a bruxa madrinha, mulher que vira homem e percebe que morreu. Mulher que ainda ama homem, pedindo para Prometeu. Fonte seca da casca de ovo. O ovo não estava pronto. Tente de novo. Lavo as arestas com o pó de todos, nos cinco dias da semana, o suador cai nas esquinas do prato com lama e ovo.

    Não há outro nível de coragem. Falarei de amor, e de amor mais amor. A inspiração da água ao remo. Ou a aspiração do remo à água. Instrumentos sinfônicos servem de troca do motor. O luto faz o pescador. Pincéis para peixes, e então o horizonte. Presa para os peixes, e então o estrondo. Na beira das ondas, na beira do corpo, na beira do corvo, na beira das nadadeiras dos outros, na beira do cinismo-magistral. Na beira, madeira, de outra maneira, a vida radical cai na besteira de que o mar não é asmático.

    Visceral com a troncha. Visceral de trouxa. Vejo palhaços andando com seguranças. Vejo bola na rede valendo um bilhão de antas. Quanto custa uma bola e um par de chuteiras? A vida radical, o homem que apedrejava meus sonhos, hoje diz que a "portaria do prédio é incompetente". Vida tardia, vadia, vulgar, alie-coma. Há décadas, minha escrivaninha valeria de três a cinco milhões de cruzeiros. Paguei cento e setenta reais no sebo. Nunca vi ninguém de chuteiras nos sebos. *"Olhe, um homem de chuteiras no sebo"*. Magnífico, agora terá, daqui anos e anos, a frase dentro do próprio sebo. Chuteiras de uma linha. Livro de dez *contos*. Homem de chuteiras não vale um ovo.

A poesia que crescer em algo que não for o papel é ridícula. Isso é ridículo. Simulacro, penoso. Não existe um departamento de marketing no fundo do oceano.

O mar é asmático, de novo, e ponto. E se ficar oculto o motivo da mesa em que se escreve, é o motivo da cadeira ter pés, o motivo dos livros estarem na estante; lembre-se, a mulher que tanto ama ainda não voltou. Quem está oculto é você. Isso de acreditar no homem, mesmo para palavra, é um inferno. Alguém que foi tolo sempre falará sobre quando foi tolo. Temo ainda mais quem faz yoga do que um assassino. Janeiro é apenas um porão de dezembro. *"Para ficarmos juntos, temos de esperar meus pais morrerem". "Tudo bem, eu espero".* A morte tira o desejo do orgasmo? Que tipo de sucesso torna a madrugada menos agressiva? Que tipo de gênio não precisa tirar as calças? Ser mais de um; 'será', será que, de fato, é a solução para alguém? Quanta bebida faz o corpo ultrapassar a cirrose, a tornar o passado uma fogueira inflamável a mijo? Quando o minuto se iguala a hora, o espelho perdoa o espelho? Será que alguém se mantém preso a guerra do outro só para tentar fazer da sua própria guerra, uma guerra mais violenta? Quem crê em história precisa mesmo de tesoura? Quanta coisa pertence a humilhação que, ao mesmo tempo, está sendo disputada na alegria? O que será pior, morrer do pior ou morrer por querer ser cinza? E essas coisas em que eu estou a escrever, quem for vir buscar está pronto para receber? Quem me arrebentar quer mesmo saber quem eu amei? Quem for distorcer sabe mesmo o tamanho que isso ficará? Na cabeça dos outros, será que é mesmo azul, o cérebro-lenda? O poeta precisa mesmo ser? E o que sobra? Como sobra?

"As capas dos livros são como escudos de defesa. Se as capas fossem os próprios marca-textos, o filho estaria protegido todo tempo".

Como se preparar para o Nobel? Quando indicados ao Nobel, quando ganharam o Nobel, quando perderam seus nomes e suas obras para serem lembrados como *"aqueles que venceram o Nobel."* A realidade do poeta é que faz as luzes piscarem. Um olho precisa ser a pá, e o outro ser a vassoura. Como ler um livro apenas para memória? Não é preciso novas palavras para um novo idioma. Quando o portal da literatura será aberto para transformação dos deveres? Com qual personagem você ficaria em treinamento? Relutar a eternização de uma mulher não é uma dúvida. Este dançarino que não é, desafiando o "permaneço" que não está. Talvez o máximo que eu sempre serei é isso, o que ninguém quer ser. O judeu errante. O traquejar das folhas. O barulho das grandes almas. A pele que se abre para que outro dia aconteça. Grande parte dessa poesia vem dos garotos e garotas sem pai. Rever, andar e unir. (Se não são outras pessoas para fazerem você ganhar a vida). O inimigo principal fica no meio, ele geralmente não tem movimento, pois é você. Os secundários ficam na esquerda, numa palpitação de pálpebra. Os outros ficam na diagonal funda à direita; são os que menos visitam, apenas duas vezes ao dia, talvez possa ser eu. Sei que mudarei de opinião, mas agora eu creio que o luto de alguém em vida é mais denso do que o luto por alguém em morte. Se é tempo que falta, a vida que encurte. O desejo de uma cor pode ofuscar sua intensão. Molha-se o cabelo duas vezes por dia apenas quem precisa de um abraço e não consegue. Literatura é uma morte do antebraço. Uma tonelada das mãos. Uma fome que começa em forma de melão no estômago, e acaba se tornando uma flauta. A sabedoria é a improbabilidade. Passei muito tempo tentando entender o porquê de pedir uma foto de costas. Hoje eu entendo que é a melhor forma de dizer "bem-vindo". A genialidade pode se acabar num grão de pipoca. A alma é um filete de algodão que pode ir para onde quiser, mas sempre prefere ir ao chão. O escritor não pode ter alguém que diga *"vá, você sabe o que fazer"*. Precisa de alguém que diga *"fique, eu cuido de você"*. Se não fosse a criatividade, eu seria ofício. A literatura é a vida na sua forma mais pura. A vida é como um desenho que, mesmo com a mesma tinta, forma outra forma. Eu preciso de mudanças drásticas que não mudem tanto os outros. Odiarás o tempo sempre, amarás o tempo depois, e o tempo cagarás continuamente em você. As coisas precisam de muito mais além de vida. Não existem outros na bebida, existe um homem e uma mulher. De quantos em quantos, *'quase'*, nós iremos ser assim? Se render a poesia é o ato mais inteligente que um homem pode ter. Antes de raciocinar, nós continuamos olhando. O poeta que vomita sangue, não sabe escrever com palavras, ele exerce uma atividade de colagem à espera de uma nota vazia, como a escassez de seu poema. A poesia é a quebra da atração, o átomo oposto se atrai pelo átomo escondido. Sempre haverá um pássaro. Sempre haverá grades. E sempre terá um poeta. Mas nem sempre ele o fará voar. Então, sempre que puder, apenas se escute. Chega um momento em que dormir de meias já não me incomodava mais. Até dor nas costas eu sinto no peito. Ser poeta é ser casca grossa pra caralho. Poesia é o último ato da plenitude. Poesia é a última fase da harmonia humana. A vida está acabando. A vida que se foda. Neste livro, a palavra 'vida' foi escrita em torno de duzentas vezes. A vida que se foda, de novo. Duzentos e uma.

104

Ilha. Num continente afastado do planeta. Reservada para cada um que quer se dedicar a esmo. "Esmo"; esmola-de-movimentos-do-erro. Esmola de caderno vermelho. Esmola do inexplorado paraíso.

Ter um convite redigido a pena. Como nos bons anos em que alguém ditava um convite escrito a pena. Tinha pena, mesmo a quem se convidava. Enviava diretamente à casa da mulher sem pena, à mulher-passaporte para ilha-da-pena. Para entrar na ilha-da-pena, no mínimo, trezentos poemas datilografados.

Uma ilha, talvez, que o nome seja Pena. E depois do convite escrito com pena, a mulher precisaria enviar a resposta dizendo: *"Sim, eu aceito visitar o escritor escalado para ilha da Pena, pois eu verdadeiramente sinto pena dele".*

A mulher que sente pena, visitando o escritor que nos dá pena, em plena Ilha da Pena, para que os trezentos poemas valham a pena.

E ao passar as três horas de visita, uma inspetora passa na cela e, se caso a mulher quiser permanecer mais, é preciso ir até uma sala com nome de *"Porque Ainda Sente Pena"*, e responder a uma série de perguntas para a inspetora, declarando, minuciosamente, o porquê de ser realmente preciso outras três horas para deixar de sentir pena, ou para pelo menos forjar os motivos de pena do escritor.

"Ele não escreveu nada desde que chegou aqui, senhora. Não consegue falar, apenas chorar. Não escova os dentes há três meses, não consegue mais pensar no porquê de eu sentir pena dele, se esqueceu o que é sentir pena de si próprio, preciso de mais três horas para lhe explicar a razão do nome da ilha ser Pena."

Aprovado o pedido para progressão dos significados de pena, um almoço é servido junto a mulher que volta para cela. Consentido por ela a regra de que: a lata de feijão dada ao escritor estaria estragada há nove meses, e não poderia alertá-lo, apenas sentir pena. O almoço comum, de rabada com polenta para ela, estaria com aroma inconfundível de feito na hora.

O escritor come, salivando a boca de pena, as garfadas de pena, o escritor vomita pena, a mulher agora quer dar risada, e sabe que precisa se segurar, pois, na ilha da pena, qualquer síndrome de risada de qualquer visitante é um alarme de pena concluída.

A mulher dá risada. O escritor é autorizado a comer o resto da rabada com polenta. Mas um bilhete é deixado por ela, escondido debaixo da lata de água tônica; *"eu ainda amo você"*. O escritor, depois de ler aquilo, arremessa a bandeja da comida nas outras inspetoras, o escritor está pronto, possuído pela ira de ver sua mulher sendo enganada pelo artigo número cinco da Ilha da Pena:

"Ao se retirar da cela, a mulher do escritor é convidada para estimular sua produção, deixando um bilhete apontando seu falso amor". Assim, o escritor volta. Assim, a pena renasce. E assim, o livro se conduz.

105

– Que horas são? – perguntava Pietra, de dentro do chuveiro.

– Onze horas.

– Estou atrasada.

"Nós estamos voltando".

– Tento ir o mais rápido que eu puder para casa – disse Castiel, também entrando no chuveiro.

A água caia em seu rosto enquanto Pietra o olhava.

O vapor do banho, a fez querer transar de novo, mas era tarde. Queria dizer "amor", mas também não podia. A volúpia a sufocava. Preparava o que dizer, assim que ele abrisse os olhos.

Abriu os olhos, cuspindo a água quente pelos lábios e, antes de falar, ela perguntou:

– Como será?

– Como será o quê? – ele retorquiu, alegre.

Fechando o chuveiro, ela não teve coragem de quebrar seu sorriso. Secou-se e Castiel também.

– Nós podemos nos encontrar as vezes – mencionou ela, escovando os cabelos.

Ele amarrava os cadarços dos sapatos ao pé da cama, sentindo a pressão arterial subir pelos dedos. Estava fraco, rachado, como um morto, agora envelhecido, que precisa se esconder para não o levarem.

Levantou-se da cama, os olhos de Pietra brilhavam. O ginecologista não passava de um ato de respeito. Andava ao redor do quarto, pedindo saídas que não fossem a porta. Viu que, no meio da cama, havia sangue. Embrulhou os lençóis para que ela não percebesse. O sangue era dela. Se afligiria, tentaria tirar a mancha, e isso a atrasaria ainda mais, fazendo-o ficar mais morto.

– Como será o quê? – retornou a primeira pergunta.

Desligando o secador, Pietra abaixou a cabeça.

– Quando transarmos com outras pessoas.

Ele precisava chorar.

– Será o fim – Respondeu.

– Não é para se aborrecer com isso, pois até que não aconteça, nós podemos nos encontrar – ela dizia, guardando as coisas dentro de sua bolsa.

Ele a segurava para que não abrisse a porta. *"Isso nos fará bem"*, dizia ela, consolando-o como a um filho apoiado nos seios.

Aquele encontro terminava o seu processo.

No carro, entraram mudos. Riscou toda lateral direita no toldo, saindo de ré. Ela não conseguiu alertá-lo, continuava chorando. Chegaram à cabine de recepção. A mulher devolveu os documentos. Olhava-os com dó, ambos pareciam mortos. Estendeu a máquina de cartões. Recusado três vezes. Castiel tinha dinheiro em espécie, mas planejava levá-la para jantar e lhe comprar flores.

– Quer que eu pague? – perguntou Pietra, de cabeça baixa.

– Não, eu pago.

Tirou o dinheiro e pagou.

O

Retornou a Ubatuba, um ano depois da história. As palmeiras pareciam deitadas. Não havia marginais, turistas, ventiladores, corujas ou Pietra. Era Ubatuba de Castiel. Ou como ele preferia dizer, *"Ubatuba sem pincéis no dorso"*. No centrinho, fez amizade com os feirantes. Os feirantes o apresentaram suas amigas, e suas amigas o fizeram conhecer o mar ambíguo. Tudo era gótico, cativeiro, *catiço*-enfeitiçado. Ficava nos nervos, voltava para o chalé em que estava hospedado e apenas lembrava de tudo o que tinha passado no último ano.

Os feirantes e as mulheres o perguntavam *"e sobre o que é este livro?"*, e ele dizia *"sobre a morte"*. Uma delas, sempre que o via, jogava um punhado de milho sob seus ombros. Não entendia o porquê. Fez questão de não decorar seus nomes. De nenhuma delas. De nenhum dos funcionários do chalé. De nenhum dos feirantes do centro. Faria Ubatuba acabar, assim que a primeira parte do livro se encerrasse. E o fez, numa manhã sem sol, devagar como sempre;

"Isabel, não que ninguém possa fazer as coisas que eu não fiz. Não que a vida valha a pena suceder. E não que, não fazer, faça-me mais capaz de falar sobre os outros. Vocês, mulheres, são estrelas que humildemente nos deixam tocá-las. Tudo que é noite, e não acaba em estrelas, acaba virando homem. Vocês são certezas que, encarecidamente, omitem dizer que precisam de nós; incertezas. Perdão por fazê-la acreditar que lhe tocaria sem te derrubar do céu. Mas sinto que o destino está tão bem projetado quanto a forma em que as pessoas se vão. O destino não é uma alavanca de partidas. Se eu me abrir totalmente de novo, talvez escreva outro livro, ou talvez simplesmente encontre outro amor. Porém, daqui de onde estamos, enquanto ainda somos seres humanos, a melhor ideia para tolerar os recomeços é sonhar e sonhar honestamente. Te espero às nove horas da noite do próximo sábado, em meio ao viaduto Paulo IX. Penso que eu tenha acabado meu livro, e estou ansioso para te mostrar."

Catiço: puro ou impuro, debandado à sensibilidade.

NOTA DO AUTOR

"Estávamos preservados na ideologia de sermos o limiar desta busca bivalente. Quebrávamos o dia com a arte, e não entendíamos que os dias também precisavam quebrar a arte. A competência da vida consistia em torná-la habitável e irreal. Eu dizia que chegaríamos no espaço com troncos de árvores, que respiraríamos debaixo da água com o amor, e que podíamos aparecer em qualquer lugar se o mencionássemos dentro dos versos. As noites tinham um glamour pobre, ainda que pudéssemos ter mais, mas optávamos por ter menos, pois queríamos nos encher apenas das vitaminas-ortográficas. Aí de quem dissesse que havia descoberto, na órbita, uma vertente mais existencial que a nossa. Éramos assassinos em série, defendendo a nossa dor como a maior de todas.

Me fizeram acreditar no universo, e a primeira vez em que acreditei foi numa conversa com você, me explicando do porquê de ter demorado tanto para nos encontrarmos. Hoje, andam me fazendo acreditar nele de novo, para explicar-me o porquê de você ter partido exatamente naquele ponto onde nos desencontramos. Me fazem acreditar nessas coisas, e eu acredito. Gosto do universo, a literatura seria pobre sem ele. Porém, nunca sei muito bem o que continuar dizendo a essas pessoas, pois sinto que elas buscam alguém que as faça crer nas próprias palavras que estão dizendo sobre o universo. Por isso, creio que eu faça as pessoas não acreditarem devidamente nele. Apesar de isso ser indiferente para mim, pois eu sei no que eu acredito. Eu, como um Deus, deixaria apenas nascerem poetas. Nossa geração precisa começar amar a morte pelos defeitos. É um longo exercício, aprender a construção de boas mentiras, mentiras dentro de mentiras, mentiras para si mesmo, que sustentem uma saúde disposta a levá-los seus corpos à longitude. As verdades não consultam nosso psicológico antes de caírem em nossos ouvidos. Penso que a verdade seja a única coisa com a qual eu não acredite. Sinto-me ressurgindo, dentro e fora destas novas descobertas que fizemos sem o apoio de ninguém. Sinto-me livre, por traçar um planeta a nossa farta utopia. Sinto-me ainda mais vivo, agora. Nós acabamos de chegar perto do infinito".

Caique Gomes Barbosa – 31/12/2020

*Escrito de maio a dezembro de 2020,
durante a pandemia SARS–coV2.*

editoraletramento
editoraletramento
grupoletramento

editoraletramento.com.br
company/grupoeditorialletramento
contato@editoraletramento.com.br

casadodireito.com   casadodireitoed   casadodireito

Grupo
Editorial
LETRAMENTO